U0458545

解放的种子：
制　　造
伍德斯托克

[美] 埃利奥特·台伯　汤姆·蒙特　著

吴冰青　译

上海三联书店

雅众文化　出品

01 迷失在白湖 _003

02 台克伯格诅咒 _015

03 我的"另类"生活 _033

04 歇斯底里笑着挖个更深的墓坑 _055

05 石墙与解放的种子 _075

06 金鹅降落在摩纳哥 _097

07 世界已是全新 _115

08 第一波 _131

09 白湖反叛者 145

10 人人都想分杯羹 _169

11 化险为夷 _195

12 制造伍德斯托克 _223

13 尾声 _237

本书献给伍德斯托克民族这一大家庭，
自 1969 年以来，它一直在我心中。

本书也献给我多年的伙伴安德烈·厄诺特，
他深得我的信任，
与我分享欢乐，追忆往昔。

01

迷失在白湖

"埃利！"

又来了。就像困在了着火的房子里，我妈扯着嗓子拼命叫喊我的名字。我正满心不情愿地推着剪草机在草坪上转悠，剪草机的咆哮都压不住她响亮的叫声。她的声音从汽车旅馆的登记室传来，这间旅馆是我们在纽约州白湖，也就是卡茨基尔山区一个湖畔小村开的。我扭身朝登记室望去，看看有没有窜起火苗或者腾起浓烟什么的。当然什么也没有。看来，这场危机不会比水龙头漏水更危及生命了。

"埃利亚胡！"这次她用上了我的全名，要告诉我事态的严重性。"快点过来！你倒楣的妈妈需要你。"她的声音尖锐得像刀子一样。

我关掉那台锈迹斑斑的老旧剪草机，朝登记室走去。母亲站在登记台后边，对面是一位矮个子男人。他身穿红色衬衫和芥黄百慕大短裤，袜子拉到膝盖，光头上一顶小帽子压得很低。他非常生气，就连后背都迸射着愤怒。

"出什么事了，妈？"

"这位开豪华凯迪拉克的先生，他要求退款，"她说着，右手在空中一劈，然后回到胸口，捂着，似乎期待着就要来临的心绞痛，"我告诉过他，我说了，'概不退款'。我不是从俄国明斯克二十尺深的雪堆里口袋揣几个冷土豆后头还有沙皇的追兵一路走到这里来的，就活该给你的房间退款哪，抱怨我床单的豪华绅士先生？"

"床单有污迹，"他说，强压着怒火，"我还发现床上有……阴毛，天哪！电话不通，空调机也用不了——窗上就一个塑料盒子。"

这些自然都是实情。我们好些年来都没有洗衣机，因此我的父亲，汽车旅馆的杂务工兼万事通，便把床单搬到地下室去，高高堆将起来，倒上一些洗涤剂，就拿水管子冲。有时候，他连洗涤剂都懒得撒。然后我们在汽车旅馆后院的沼泽地里把床单挂起来，任其自然晾干；那儿有上百株松树，可以给床单染上所谓"松木清新的香味"。

等我们终于真的弄到洗衣机的时候，妈妈倒时常不肯在水里放洗衣粉了，她把这当成一招省钱的路数。即使现在，她通常也是一古脑儿省去床单的清洗工作，而代之以刷掉床单上的毛发，然后在床上就地熨烫一下了事。

至于电话和空调机，那些都是装点门面的。有一天，一个心怀不满的电话公司雇员跑来，带着一大堆电话和一架老旧的电话交换板——那或许是 1940 年代的东西了——许诺要给我们安装起来，违规安装，收费五百美元。我母亲讨价还价起来永远是机灵精明的，给他还了个价钱。

"亲爱的电话兄弟，你以为我是 1914 年兜里揣着生土豆从明斯克半夜里走过来的，所以就可以敲我的电话钱吗？我们只能出十二块现钱，外加一打啤酒和大妈炖的一份热霍伦特。"那是我母亲炖的牛肉土豆汤。然后她说："我们出这些，你的东西可就全要了！"生意就这么说定了。

那个家伙耸耸肩，把那一大堆电话机、电线和电话交换板卸在登记室，拿了钱，喝酒去了。没有他的专业技术，我们自然是毫无办法，也就是说白花了十二块钱，我们的全部所得只不过是拥有电话的幻觉。我叫老爸把电话分到每个房间去，他就用订书钉和胶带安装了起来。然后我们弄来些空调机盖子，把它们安在窗户上。做完这些，我就在客房里和汽车旅馆各处放上标记，上面写着："请原谅我们的外观——我们正为您的舒适安装电话和空调。"

这些便是我们要求客人预付现金才能看房间的部分原因，也是我在登记室柜台上放了块相当惹眼的牌子的道理，牌子上写道："只收现金。概不退款。"任何时候有人想用信用卡付账，我母亲都会立刻行动起来。

"先生，你听我说。我是一个上了年纪的犹太妈妈，只想给孩子买点热牛奶，"她说，"我就扣下这张塑料卡了，等你从你老婆那儿弄来现金再还你。"

我不可能有分身法，这就意味着，我母亲常常是一对一跟有可能花钱的顾客在一起——从生意角度和个人角度来说都是件可怕的事，因为她完事后我不得不收拾乱七八糟的残局。想到残局，我这才回过神来对付面前这个男人，他看起来简直要把我们一一掐死。

"还有，房间里连毛巾也没一条。"那人说。

"哎哟，这下说到毛巾了。你要毛巾，"母亲说，"就得额外付钱。你要肥皂，那就多出一块钱。你以为我们白送这些东西？怎么，你看我像洛克菲勒夫人吗？"

"你这开的是什么黑店？"他摇头问道，"我要求退款！"

我想告诉他钱早就没了——他把钞票递给我母亲的那一刹那，钱就滑进了连续时空中的某个宇宙缝隙，一个黑洞里，入口可以在我母亲的乳罩上找到。至于它从那里去了何地，谁也说不准，而我也努力不去思考这类事情。尽管如此，一个月里无论来了多少客人——即使在旺季几个月，当然这样的月份少得要死——我们也从来没有钱支付按揭和电费。金钱的神秘丢失是我常讲的"台克伯格诅咒"的必然结果，这是横加在我们家族头上的恶毒灾祸，驱使我们一步步滑向财务崩溃。我把名字从埃利亚胡·台克伯格改为埃利奥特·台伯，这是原因之一，也是为了使自己远离家族命运所做的可怜而完全无效的努力。欢迎来到汽车旅馆地狱，我想对这个人以及任何可能在听的人说。但是我替他省略了所有血淋淋的细节，只告诉他在我们这悲惨的旅馆，事情是怎么办理的。

"标牌上写着'概不退款'，"我说得很干脆，"你付了钱就拿到房间，是什么样就什么样。那就是这儿的协约。"

他一掌猛拍在柜台上，狂怒地冲出了登记室。

"好了，妈，又一个满意的顾客，"我看也不看她一眼，说，"你好奇过我们为什么没有回头客吗？今天的回答就在这里。"

"你该找女朋友了！"我母亲尖叫道，"哪天你才给我生孙子？！"她跟随我出了大门，手在空中来回劈着以示强调。"埃利奥特！你要去哪儿？"

"我去商店。我们要买牛奶了。"我说。

我钻进我的黑色别克敞篷车，上了 17B 号公路。后视镜里，我们的汽车旅馆越来越小，我这才慢慢恢复正常呼吸。

这是 1969 年 6 月初，在白湖，也就是纽约城以北不过 90 英里处一座名叫贝瑟尔的小村镇的一个极小区域，天气大概是你能发现的唯一好东西了。1955 年我们初到白湖时，贝瑟尔村有一个志愿消防队、一名充满敌意的管道工、二十家酒吧以及为数大约两千五百的人口——我们后来发现，其中许多是彻头彻尾的偏执狂。此后十四年中，这一切并没有发生多大变化。

很多人把卡茨基尔称作波希特地带，这个名字来源于许多东欧犹太人喜欢的一种甜菜汤，即罗宋汤。20 世纪初，犹太人开始来到这个地区。他们开酒店、汽车旅馆以及平房群落，这样中低收入人群——大多是犹太纽约客——可以逃避城市的暑热。最终，大的度假村建设起来了，比如格罗辛格和康科德，在那里很多有名的喜剧演员——包括席德·西泽[1]、丹尼·凯[2]、梅尔·布鲁克斯[3]以及杰瑞·刘

---

1 Sid Caesar（1922—2014），美国喜剧演员，获得过两次艾美奖。
2 Danny Kaye（1911—1987），美国喜剧演员、舞蹈家、音乐人。
3 Mel Brooks（1926—），美国作家、制片人、导演、喜剧演员、作曲家。

易斯[1]——定期前来演出。

这些汽车旅馆、平房群落和度假村的业主们创造了工作，该区域也因此繁荣了不少年——换句话说，到1950年代中期就不行了，那时人们发现以在卡茨基尔山区度假同样的价钱，可以到佛罗里达或圣菲一趟了。从此，所有的本地生意就开始遭殃。而正是在那段时间，我父母买下了我们这家汽车旅馆，现在我们叫它"摩纳哥"。

到1960年代后期，白湖同整个卡茨基尔度假区一样，一直处于加速下滑的挣扎之中。整个贝瑟尔村，住房、汽车旅馆和老的维多利亚式酒店一律在衰落。门廊腐烂了，百叶窗耷拉了下来。许多住户任由常春藤在房子外墙上蔓延，好遮蔽下面卷皮的油漆和光秃秃被风雨侵蚀的木头。白湖边上的小船坞慢慢沉入了水里。那些所谓度假胜地的境况也好不到哪里去。九月的第一个星期二以后，度假者都回家去了，这一带总是要闹出一些莫名其妙的火灾，弄得卡茨基尔名声越来越大。旅游车辆渐渐消失，这地方归于可怕的死寂。生意干涸，工作也没了。人们都遭解雇，于是这个地区陷入了艰难的日子。你说这是谁的责任？

隔三差五，我会跟一位本地人争吵一回，他们从不含糊地表示看不起我的种族和宗教出身。一天，一个红头发、红脸长满疙瘩的小无赖开了拖拉机，来我们的汽车旅馆看看是否需要剪草。说实话，他要的那几块工钱我付不起。我谢过他，然后说联邦调查局不会允许剪掉政府种在我们院子里的秘密试验性核植被。

我不过是要表示友好，与他分享一些笑声，但是他显然没有听

1　Jerry Lewis（1926—2017），美国喜剧演员、歌手、电影制片人、编剧、导演。

懂这个笑话。

"你他妈的犹太屁精！跟我扯什么鸡巴蛋？我要收拾你，你这个舔鸡巴的同性恋犹太崽。看我怎么收拾你，还有你那个卖淫的老娘！"

我说错话了吗？也许他一碰到政府秘密试验的话题就敏感吧。几个小时后，他开着拖拉机冲进了被我愉快地称作"总统侧厅"的汽车旅馆边房。老爸拆下撞破的木嵌板，换成了几扇门，我们都觉得改建工作算得上是对原设计的一项改进。

大多数反犹份子和逃亡纳粹党人并不暴力——至少，直到那年夏天晚些时候都还行，之后许多奇怪而意外的事件就开始发生了。很多人还是一样乐意对我们的旅馆，对台克伯格家表达不满，用的则是较为诡秘的措辞。

贝瑟尔有家带酒吧的三明治店，我以前常去买它的帕尔马干酪大三明治。开店的是个叫巴德的家伙，又唤作乔，和两个愚蠢到家的成年儿子住在酒吧楼上。一天，三点左右，我进了巴德的店，见一些本地知识精英围着他，全都烂醉如泥、衣冠不整。巴德仿佛国王在上朝。

"昨晚上关门的时候我从你那儿路过，"巴德说着，露出一丝浅浅的恶意的笑，"看见几个古里古怪、又大又肥的女人从你的汽车旅馆出来。肥姐在你房间里干那种下流勾当，你要不要额外收费哇？小子们和我都在纳闷，这种女人用过的床单，你还能不能真的洗干净。我吗？我绝不会把房间租给肮脏的女同性恋！"

巴德发表这些机敏评论的时候，那些男人酒气熏天地咯咯傻笑，喘着气，仿佛土狼在等待猎物犯错误。

"两位瘸腿的修女，巴德，"我告诉他，"昨晚两个女人都是在韩国照顾我们的士兵而受伤的。弹片打瞎了眼睛，可怜的女士。她们喝酒是要忘记自己经历的事。"土狼闭上了嘴，看着我，突然显得迷惑。"但是，嘿，"我继续道，"如果你认为我们不应该欢迎这样的女英雄到我们漂亮的小镇上来，下次商会会议上我们可以讨论。"

出于命运的阴差阳错，我成了贝瑟尔商业理事会的主席。我原是商会委员，帮助吸引更多的生意，泛泛说是来贝瑟尔，具体说就是来"摩纳哥"了。而因为我是现任委员中受教育程度最高的，选举一投票，我便成了商业理事会主席。就知道会是这样。

沿着 17B 号公路开车，我觉得本地哪位朋友也许会搞我的蛋。但当汽车开进我朋友马克斯的农场时，所有这些担忧都烟消云散了。

马克斯是我们的送奶人。他和妻子米里娅姆拥有整个沙利文郡最美丽的一片起伏的山丘和小小的谷地。他曾在纽约大学学习地产法，但在 1940 年代搬到了纽约上州，开了一家乳牛场。多年以来，马克斯和米里娅姆创造了纽约东部最大、最成功的奶制品企业，并完善成为一个庞大的冷冻联合企业，拥有遍及全州以及宾夕法尼亚州北部的运输线路。夫妻二人在农场上开了一间小店，出售他们的奶制品和一些简单的杂货。马克斯抽烟袋，智慧，有长者之风，特平易近人，在这些本地人中是我唯一的朋友。每一年，我都组织一次音乐与艺术节，尽我所能招引更多的人——因而，更多的生意——到白湖来。我还安排戏剧演出，剧院就是我们家地产上用牲口棚改建的。马克斯为观众提供免费奶制品，比如酸奶和冰淇淋什么的。他还开着他的小红卡车到镇子里转悠，去本地各机构张贴传单，宣传音乐与艺术节，宣传我们将要上演的剧目。然而，他总是坚持自费购买音乐会和戏剧的门票。

时常，我开车去马克斯的农场只是为了避开汽车旅馆里的狂躁，还有我父母——更不必说白湖那些妙得很的人了。此刻我在他的店里四下闲转，带着一种安适的亲密，一边拣了几罐牛奶、酸奶、黄油、果酱和一些别的食品杂货。同时，马克斯和我也在闲谈。

"今年夏天还办音乐节吗，埃利奥特？"马克斯问。

"办。"

"有什么特别的人来演吗？"

"寻常聚会而已，来的不过是一些勉强支撑的乐队。大都是本地的，"我说，"我们恐怕会震聋一些人，惹恼更多的人，但和从前一样还是一次音乐节。"

"我会去的，"马克斯说，"埃利奥特，你为我们镇带来了很多东西。老天知道我们是需要点什么的。有事要我帮忙，说一声就是。把你的宣传单带来，我到镇上散发去。"

"谢谢，马克斯。我只希望今年我们能有几个人来。"我说。我可以指望一定会来的人只有马克斯、格罗辛格夫妇，以及更大一些的度假胜地的几位业主。

"你只管坚持做下去，埃利奥特，"马克斯说，"谁知道呢？名声会传出去，你的音乐节会兴旺的。你早晚会有惊喜。"

"不要指靠它了，马克斯。谣传黑手党以前是在白湖埋尸体的，因为他们知道贝瑟尔不过是'丧失'的另一个词。"

马克斯一边在收款机上输入我买的几件东西的价钱，一边笑了。

"但是谢谢你的支持，马克斯。这些日子，我是靠着幻想才走过来的。"听着这话，我的朋友马克斯·雅斯各是一脸和善的平静。

说实话，我珍藏着许多幻想，而那些心中的秘密是不能透露给白湖的普通老乡的，就此而言，也只能在极小的圈子里分享了。但是其中一个幻想还是牵涉到了这毫无欢乐的地方，以及那个被我称作汽车旅馆的负累。我梦想着创办一个音乐节，把贝瑟尔所有的人都引来，填满我的汽车旅馆，赚上一点钱，这样我就可以把这负累卖给哪个有钱的傻瓜了。到现在为止，我们拥有这个地方都十四年了，却还是没有赚钱，而且因为那个台克伯格诅咒，我的音乐与艺术节全都彻底失败了。但是有些幻想是顽固的，而且出于对我来说全然不可知的理由，我仍然怀有希望。

02

台克伯格诅咒

我出生在本森赫斯特，这是纽约布鲁克林的一个社区，以种族歧视和奶油甜馅煎饼卷闻名。至少在我成长的时候，本森赫斯特主要由罪恶感深重的意大利人和犹太人组成。两个民族都在这里孕育了许多著名人物，包括丹尼·德维托[1]、埃利奥特·古尔德[2]、拉里·金[3]，以及活宝三人组[4]。台克伯格家则是活宝六人组——双倍的神经错乱。

　　我母亲，从俄国的冰天雪地跋涉而来，1912年到达纽约。我父亲的父母从奥地利来到这座城市，比我母亲早十年。他们在波罗公园安置下来，我祖父做起了房顶维护的生意。在萨尔茨堡，我父亲

1　Danny DeVito（1944—），美国喜剧演员、导演和制片人，曾饰演《飞越疯人院》中的马蒂尼。
2　Elliott Gould（1938—），美国影星。
3　Larry King（1933—），美国访谈节目主持人。
4　The Three Stooges，美国喜剧三人组。

从小就给祖父打下手。到了他在这个新入籍的国家选择职业的时候，老爸的事业就已经是浸在沥青里的了。然而，他的选择并不都跟父母一模一样。我父母开始约会时，我的祖母——没想到这么精明——给了父亲一些深思熟虑的劝告。从意第绪语大致翻译过来，她说的是"甩掉那个愚昧的俄国荡妇吧"。没有人会接受好意见的，他还是跟她结了婚。

和许多移民一样，我父母信不过银行。他们宁可把钱塞进床垫里。所以在大萧条袭来、银行纷纷倒闭的时候，我父母就压着几千美金睡觉，这些钱足够在 73 街买一套三层楼、三睡房、一卫生间的房子。他们还在二十大道 70 街买了一套四层楼的无电梯公寓。在房子的底层，他们开了一家五金家用器具店，我母亲的贪欲就是在这里第一次崭露其巨大头角的。

我父母的店里没有任何价格标签，这是一种灵活的策略，我母亲可以根据她觉得这个人付得起多少来要价。有时候，顾客会打电话到店里，询问他们要买的东西的价钱。我母亲就一路跑去找那个顾客，运用她的通灵天赋，立马看出顾客的经济地位，然后提一个价钱。"亲爱的，给你十九块九毛九，一分也不多要了！这可是特价，因为我今天感觉特别慷慨。"妈妈的店铺是原创的幸运轮盘。

每晚六点钟——除了星期六，店铺只在这一天关门——我母亲骑自行车回 73 街的家。她骑车沿街而来是怎样的情景——车架弯曲，轮胎变形，小小的个子死命蹬着踏板，却远远落在人群后面。你几乎可以看见她脑袋旁边数字嗖嗖而过，因为她在计算这一天的收入。

一到家，妈妈就开始准备晚餐。烟和难闻的气味很快充满了空间，翻腾的云雾中是妈妈圆柱状身材的模糊剪影。她的拿手菜是黄油——以大蒜提味。藏在黄油里的是几片肉和蔬菜，但主菜永远是疙疙瘩瘩的糊状物，她以做母亲的骄傲舀到碟子里去，而又暗暗透出一种威严，让一切可能的批评噤声。

我的姐姐戈尔迪比我年长十二岁，和我一样，也是狼吞虎咽地吃妈妈的食物，这是我俩都超重的原因之一。没有比较的基准，你会惊讶黄油居然那么好吃。比我大九岁的拉切尔和小我四岁的勒妮都是在食物的边缘挑挑拣拣，好像那是什么有毒废料似的。所以不奇怪，这两个总是那么瘦。唯一能把我们从妈妈的危险食物那里救出来的，就是巧克力块、糖果和甜面圈了，我们都小心地藏在房间里。这些犒赏——父亲买的，他也喜欢甜食——也是挨了母亲的严厉责骂之后，用来自我疗伤的。

"埃利亚胡，你又肥又蠢。"我母亲老是这样对我说，她用的是我的希伯来本名，这样才能肯定我在认真听。"蠢，你听见了吗？你可怜的妈妈不知要倒什么楣啊？"她悲叹道，"我为什么容忍你？你要折腾死我的，听见我的话了吗？"这个时候，我通常是以我唯一能用的方法逃跑——冲到楼上我的房间里，我在那儿藏了甜面圈和巧克力块。

晚饭后，我父母要回店里去，一直工作到晚上十一点钟，这时候街上早就连个人影也没了。我到了青春期，也跟他们一起到店里去，有时也干到半夜。我不在五金店干活的时候，就帮父亲照管他的房顶生意。我为父母做这些事，从未得到过一分钱报酬，但是我相信这就是我的命运，我就是这样长大的。

我父亲的一个普通工作日时长总在十二到十六个小时之间。铺了一整天的沥青毛毡，他回家，吃晚饭，运气好的话还可以打个小盹，然后去那个五金家用器具的杂物场干活。他在那里做些一般的维护工作，修理熨斗和烤面包机，在乱糟糟堆满东西的柜台后面配钥匙——这个柜台最终看起来跟摩纳哥汽车旅馆的那张一模一样。

我的父亲，一个简单、谦卑的男人，对待生活的方法就是尽量逃避它。他听收音机，弯着身子，入神到忘我的地步，好像从那盒子里出来的是上帝的声音。他不停地抽烟，一有机会就打瞌睡——就是说，直到妈妈要他为什么事惩罚我的时候。妈妈尖锐的声音穿透他的高声呼噜，就像一把电锯切过厚木头一般。"杰——克！"她尖声叫喊。"快点下来。恐怕得你来他们才会听话！"我父亲冲下楼梯的时候，已经在抽皮带了。父亲的身材和力量，是一生从事体力劳动的男人才有的。他打一下，你通常会哼哼唧唧一两个小时的。

我被打得七荤八素，也叫得声嘶力竭之后，晚饭也没得吃，就被送去睡觉了——现在想来，这倒不是件可怕的事。不过随后，妈妈回店里之前，总是会偷偷送一餐饭到我房间里来。我吃着，她坐在床沿，要我发誓——低声细语，免得我父亲听见——一辈子要做个好孩子。

这是我有生以来最接近母爱的时候了——那些受罚以后亲密的时刻，身上的伤口还是新鲜的，而妈妈在喂我吃她做的肉汤。实际上，她成功地使我的悔恨翻了倍，也只有她能做到。一方面，她明白地说我辜负了她——我犯的是一桩对抗自然和上帝的滔天罪行。

另一方面，她把我拉入对抗我父亲的某种怪异的合谋之中。他惩罚了我——是她要求的，至少——但是现在妈妈和我才是朋友，而老爸却成了圈外人、坏家伙。他被排除在我们的亲密时刻之外。内心深处，我知道这里有点不对劲，而且我能感受到一种模糊的内疚。咳，我不过是个小孩子，渴望爱和食物。但在我们家里，这两样都没好味道。

我母亲的通灵能力并不局限于卜测顾客荷包里的钱。她还经常收到死人传来的信息——至少是从一个死人那里传来的信息，就是她父亲，曾做过拉比的。我四岁的时候，母亲接到她父亲的心灵感应指示，要求送我去犹太教法典学校上学。那位拉比宣称我生来也是要做拉比的，这样我就可以给我长期受苦的母亲带来 nochas[1]。于是，在四岁的幼小年纪——她不得不在我岁数上说谎，才进得了学校——我被送进了犹太教法典学校。

那里真是活地狱——一天八个小时学习一种古代语言，还有统管漫步走进你前院的奶牛的《塔木德》[2]律法。没错，游荡的奶牛在布鲁克林并不是大问题，但是，我还是必须知道假如确实有一头奶牛溜了进来，应该怎么办。恐惧渗透了整个交易——惧怕摩西和他所有的律法，因为你免不了违犯；惧怕那位"嫉妒"而"报复"的上帝，他时不时会生起气来，给那些否认他的存在的小胖法典学生降下灾祸。五岁时，我宣布我是无神论者，让教我的拉比们大光其火。

但是摩西笑在最后了。犹太教法典学校最终也是一个社交的梦

1　意第绪语，意为"快乐"。
2　犹太教文献。

魇。这所学校没有给予我归属感，反倒加深了我的孤独。首先，我被迫离开自己的生活环境，给送到一所私立犹太学院，这里到处是父母开凯迪拉克送来上学的富家孩子。而我老爸送我到学校来，开的是他那辆绿色福特牌皮卡。当然，我因为肥胖、丑陋和贫穷，也因为老爸每天接我放学的时候总是浑身沾满沥青而遭人嘲笑。

我回到家，情况还是一样糟。因为没有上公立学校，我与邻居家的孩子们没什么交情，他们中一些人奚落我进了犹太教法典学校。更糟糕的是，我喜欢古典音乐，这也让我和其他同龄孩子完全脱了节。在 nerd[1] 这个词出现之前我就已经是书呆子了。

我唯一的发泄途经是素描和油画，讽刺的是，五金店给了我很多机会做这两件事。在那儿，我获得许可装饰我们商店的橱窗。我搬空橱窗，再选择商品，排成吸引人的阵列。然后我画上野性十足的背景和诙谐的招牌，有些时候还制作纸质人像。我问妈妈是否可以买一些汽球和绉纱纸来突出我的设计，她提醒我（再一次）穿过俄国二十尺深的大雪、背后有沙皇追兵的那次漫长跋涉。"埃利亚胡，你看我像谁？难道是沙皇皇后？"

买气球的主意遭拒绝以后，我用一些光亮刺激的粉色涂料创作壁画和好玩的卡通图画，给橱窗添上幽默和时尚的气息。通过绘画和设计，我得以逃离自己那错乱和孤立的世界，过上了美丽、和谐而有序的生活。寻常的物品——锅碗瓢盆、灯、梯子和工具带——都成了艺术的元素。彼此之间没有明显关系的物品，只要经过恰当的摆设，突然间便有了关联。

1　英语，意为"书呆子"。

每完成一个橱窗，我都会叫爸妈过来看一看。老爸耸耸肩膀。妈妈永远在疑心有人偷窃，她仔细检查我用的材料，确保我没有从店里拿取任何贵重的东西。"我不希望你浪费钉子，埃利亚胡。你听见了吗？"只有在一天的收入不错的时候，我才能看到她的笑容。

夏季，我和父亲在布鲁克林到处修补屋顶。沿着架上房顶的长梯，我来搬运沥青毛毡和用品。到了梯子高处，我胆颤心惊的，哪里还搂得住毛毡。我拼命抓着梯子横档，绝望地不敢往下看，同时手里还提着一桶沥青或是一捆毛毡。到了屋顶，我和父亲就着手把毛毡和稀沥青铺满整个屋顶，一直炙烤在夏日骄阳之下。我们不是修建金字塔，然而对于我这件工作确实像苦役。

尽管如此，父子一起劳作，大多还沉默无语，但我们之间却铸就了多么奇异的纽带。我望着父亲在烈日和酷热下辛劳，我也尝试这么做，不只是学他的榜样，还在于获得他的爱。我想象他隐约感觉到了我的感受——我们是一体的，不只是在迅速无差错地完成工作这个共同目标中，更是在我们的心里。我们共同努力挺过母亲每天的攻击，在这一点上我们是同志。

自然，我做维修房顶的工作，让我的那些街坊朋友越发觉得我古怪了。他们夏天至少有一部分时间是在卡茨基尔度过的，回家带来划船、钓鱼、游泳和林中远足的精彩故事。他们问我夏天做了些什么时，我低头看看晒黑的双手，说："哦，没干什么。我只是跟我父亲一起干活。"直到今天，我还是喜欢新鲜沥青的气味。

* * *

因为我四岁就上了一年级，到十六岁时就准备上大学了。我渴望进入纽约的普拉特艺术与设计学院。学费是五百美元，这笔钱我从成人礼的时候就开始存了，我实在太想把它付掉，就此逃出73街。但是命运，也就是说我的母亲，却有别的计划。我姐姐戈尔迪要出嫁了，必须备办嫁妆。一套淡黄绿色的腰子形组合沙发，在当时风行得不得了，价钱是两百美元。她还得办一个订婚聚会，又是两百美元，而且，自然，一套结婚礼服也得花上百来美元。

"埃利亚胡，我要向你借五百美元。"母亲告诉我。

"我可以不借吗？"我无力地问。

"你怎么回事，你不信任你妈妈？你怎么做儿子的啊？我在俄国的大雪里跑，后头沙皇的士兵要把我砍成两段，这样才把你带到这世上来，可你竟然要剥夺你母亲一辈子唯一的快乐——给她的女儿办个婚礼！"

就这么简单——我知道钱已经没了。眼里的泪水禁不住夺眶而出，流满双颊。我逃离本森赫斯特的唯一机会从我胖嘟嘟的小手上被夺走了。"你真的会还给我吗，妈妈？"我问。"我需要这些钱上大学。"

"杰——克！"我母亲尖叫起来，"快下来。你儿子在伤妈妈的心了！"父亲跑下楼梯的时候，我可以听见他抽皮带的声音。

到了我该向普拉特学院交那五百美元学费的时候，妈妈宣布她不能还给我，因为她需要钱付按揭，还得给我二姐拉切尔买点新衣服。"捡戈尔迪的旧窗帘布衣服穿，拉切尔怎么找得到好的犹太丈夫呢？"她问道，不管我在哭着。就这样，我去普拉特学院的梦想消散了。

幸运的是，命运给了我另一条逃脱路线。纽约市和纽约州可以为贫困居民支付大学教育费用。那个时候，亨特学院——长久以来是所女子学院——遇到了财政困难。为了继续运营下去，管理层决定做一次救灾促销。他们将增加入学人数，这样就符合了市、州救助基金的条件了，方法是录取成绩差又没钱的男性学生。我正好属于这一类。

亨特学院并不是我的第一替代选择。普拉特之后，我倾向于上布鲁克林学院，那里正教授先锋派现代艺术，可是布鲁克林学院的入学标准很高，只有成绩好的聪明孩子进得去。所以不去亨特，就没得去了。但是过了第一学年，我的成绩就很好了，足以进布鲁克林学院。我在那里师从一些现代艺术大师并和他们结下友谊，他们是马克·罗斯科[1]、阿德·莱因哈特[2]、吉米·厄恩斯特[3]和库尔特·塞利格曼[4]。虽然他们最终全都会被视为艺术世界的超级巨星，但我跟他们求学的时候，他们都还不为人知且一文不名。

马克·罗斯科，那个把自己的油画挂在古根海姆博物馆、国家画廊、大都会博物馆、现代艺术博物馆和伦敦著名的泰特美术馆的家伙，成了我的导师和朋友。在某种意义上，他收留我做了他的一名弟子。他教我一直教到课程结束以后很久。"你的钢笔画颇有艺

1　Mark Rothko（1903—1970），美国抽象表现主义画家。
2　Ad Reinhardt（1913—1967），美国抽象表现主义画家。
3　Jimmy Ernst（1920—1984），美国抽象表现主义、超现实主义画家。
4　Kurt Seligmann（1900—1962），美国超现实主义画家。

术家的敏感，"一天他对我说，"我要教你墨水的语言，以后再教你油画。"

罗斯科以色彩的运用闻名，色彩传达了未经修饰的情感冲动，那是他感受到的，也是他希望从作品的观赏者心中唤起的激情。他的巨大的壁画和抽象的形体常常让仰慕者流下眼泪。许多人声称在凝视他的作品时有过宗教体验，而他则说那些感受到这种激情的人，正是在分享他作画时的体验。

罗斯科拒绝艺术界试图安放在他身上的任何标签，包括"色彩大师"和"抽象艺术家"。"我对色彩和形体之间的关系不感兴趣，"他曾经说过，"我唯一在乎的，就是人类基本情感的表达——悲哀、狂喜和命运。"

我们做朋友的时候，他多数日子穷得叮当响。我常常把香烟分给他抽，给他带三明治，偶尔还能有一瓶红酒。他一双大而圆的眼睛，热情而忧郁；嘴唇上留着一小撮黑胡子，表情正好到位的时候，不免让人想起年轻的格劳乔·马克斯[1]。一天，我们吃完午饭，正在抽烟，马克对我说："不要理睬你的俄国母亲。我也是俄国人。"他的原名是马库斯·罗斯科维兹。"所以我知道我在说什么。抹去她告诉你的一切。每件事上她都是错的。搬出来进你自己的画室吧。让她去做拉比好了，不是你。"

有时候他会让我在他的画室里闲待着，看他工作。我亲眼看到他努力寻找形状和色彩来表达隐藏的激情和存在的痛苦，这些都是人类的处境。显然，这个人是天才。而且，说实话，能与他在一起，

---

1 Groucho Marx（1890—1977），美国作家、喜剧演员、电影电视明星。

我感到荣耀。

"你有真正的艺术才华和诗人的灵魂。"一天他告诉我。我一生珍惜这句话。我是一名艺术家——这一点我还是知道的。但是有马克·罗斯科欣赏我的作品、鼓励我，我就像得到了国王的祝福一样。而且的确，我被如此深深地吸引到他的世界、艺术的世界里，以至我知道，如果只是无意识的话，我正处在某种启蒙的边缘。艺术，就像一条深邃的回廊，此刻它的大门神秘地打开了，在召唤我进去。我往回廊深处望去，然后看看马克，我不知道我是不是在看着我自己的命运——穷困潦倒，无人能识，被自己无知的激情所左右。

马克还不只是一贫如洗；他经常陷入沮丧和抑郁之中。最终，他割腕自杀了。我认识并敬仰的其他艺术家也被同样的贫穷和黑暗所折磨。阿德·莱因哈特，我的另一位老师和指导者，是个酗酒的人，而且长期精神抑郁。记得有一天我和他一起站在他的画室里，看他哭得泪流满面，因为他无法在一幅画作中把黑色画得足够强烈。他是一位极好的人，一位伟大的艺术家，但是多数时候他完全是个失魂落魄的废人。我不止一次与库尔特·塞利格曼长距离散步，听他语无伦次地嚷嚷他可怕的财务困境，还有他的生活陷入了多么悲惨的深渊。他真是可怜。

这些人都是大祭司，他们付出生命来伺奉他们所知、所敬拜的唯一神祇——艺术。他们获得的奖赏乃是创造伟大的作品，但在我认识他们的时候，这些作品大多无人欣赏，也不为人注意。为了产生这样的艺术，他们付出的代价非常之高；他们牺牲了得到寻常快乐和爱的一切机会。无疑，他们的极度痛苦是刺激他们艺术的部分因素。但是他们的激情、痛苦和贫穷都极其深刻，让我充满恐惧。通过近处观察他们，我被迫回答每一位年轻艺术家都面临的唯一重要问题：为了艺术，在没有保证能得到任何回报或者承认的情况下，我愿意付出我拥有的一切，改变我的一切吗？对于我，这个问题变得很复杂，因为我在气质上跟他们很像。我的心智本来就不够健全，发疯与否也就悬于一线。跟他们一样，我总是被魔鬼困扰。看看我的出身！如果我像他们那样，被吸进了艺术的黑暗长廊，我的结局将像他们一样悲惨。而他们贫穷得一塌糊涂。

不，我告诉自己。我需要坚守我仅剩的一点珍贵的理智。我还需要更稳定更可靠的收入。我不能像他们那样生活——穷困潦倒，绝望地不快乐。我已经在那里度过了整个童年，我需要彻底跳出来。

到了大四，我又转回了亨特学院，因为有人告诉我找工作的时候，亨特学院的学位比布鲁克林学院的好看一些。我离开之前，马克·罗斯科送给我五幅钢笔画原作。这是直接出自内心的礼物，我非常激动。我仔细包好这些画，放在家里我的房间里以免丢失。

当然，很多年以后，罗斯科得到了全世界的承认；他的作品卖出了大价钱。事实上，罗斯科最伟大的杰作之一《白色中心》(*White Center*)，卖了七千三百万美元——这是战后画作在美国拍出的历史最高价。

罗斯科送我那些钢笔画之后几年，我在房间里想把它们找出来。它们都不见了。我急得发狂，问我妈妈到底哪儿去了。"噢，"她说，"我把那些东西，连你房间里所有别的垃圾艺术一起扔了。"

她永远无法理解一幅画的情感价值，于是我用我觉得她能懂的唯一语言来说明我的损失。"这些画的价值五万美元都打不住，妈妈。"我告诉她。

"你这个撒谎精，"她反驳道，"它们什么也不是——不过是谁的涂鸦罢了。"

我气得七窍生烟，但我知道拿她也没什么办法。我母亲对任何与她不同的观点都不在意。在我的房间里，我拼命往肚子里塞巧克力，弄得头昏脑胀的。米尔顿·赫尔希[1]是我的守护神。

我作为荣誉学生从亨特学院毕业，获得了美术、应用美术与设计的学士学位。我的第一份工作是在曼哈顿第五大道奢华的 W&J·斯隆做橱窗设计和装饰师。斯隆是一家精品家具商店，服务严格限于富有阶层。谁知道精品家具是什么？别问我。另外，我做梦也没有想到我的背景居然能跟普瑞拉学院的毕业生竞争。斯隆的展示部主任沃尔特·巴诺录用我的时候，我简直惊呆了。

空闲时间，我给曼哈顿一些最昂贵的公寓绘制壁画。我的画作也在画廊里展示，并卖出一些。我的生活终于开始了。我正在谋得非常好的生活。而更重要的是，我能随心所欲地发现和表达自我的一切。

然而，我感觉到对父母负有无法言说的义务，这可能会优先于我挣脱家庭的欲望。台克伯格诅咒是一股强大的力量。或者也许我只是吸入了太多沥青的气味？

1　Milton Hershey（1857—1945），好时巧克力公司的创始人。

* * *

事情的开始十分单纯。1955 年夏天，我那时还在上大学，父母终于决定到卡茨基尔度一次假。我们一家全都到了纽约白湖的保利娜出租房，住在闷热发霉的阁楼里。我父母、姐妹和我本人都特别喜欢这次度假。这就好像掉进了乐园，自然，也会让妈妈思考的。那儿，在那幢狭窄的出租房子里，妈妈偷偷参观保利娜的二十个房间——它们全都租出去了——她默默地计算着数字，看到了未来。"嗯，这是一桩生意，"她说，"如果我们在这里买一幢房子，把五金店处理掉，那我们真的就要发财了，而且整天像这样生活！"

我父亲似乎一下子活过来了，他非常赞成这个点子。处在那个场合，甚至我都很兴奋。

沿着公路再往前走，不远就有一幢破旧的维多利亚式出租房出售。房子眼看就要倒塌了，但我母亲叫它 beshert（"命中注定"——游戏"猜猜是谁"里的一个提示）。假如她在这一带四下逛逛，就会发现实际上整个镇子都在出售，而且大部分卖得便宜得多。然而不幸的是，她没有；毕竟，看中了就是看中了。她卖掉了五金家用器具店，买下那幢出租房，把房子的六个房间改成了九间。做完这些，全家搬到了白湖，等待度假季节的到来。

第一个夏天，这里每个晚上都住得满满当当的。我们欢喜得不得了。台克伯格家发现金子了。很快，钱就要开始从树上发芽，我们想。就在那个时候，妈妈的绿色魔鬼又开始在她的耳朵边嘀咕了：为什么不买下隔壁的房子，把两套地产改成一家汽车旅馆？很快，我们就又增加了十二个房间，还有一幢房子在修。自然，我父母根本不知道汽车旅馆为何物。他们没有任何商业计划。他们只知道怎样购买、修建——而别的业主在想办法卖掉、离开。下一个季节，他们买下了一片带赌场的平房群，把汽车旅馆扩展成了二十几个房间和几套小单屋。

生意做得好的人都知道，你很容易成长得过快，走得太远。存在一条底线，那是不应该跨过的，可我父母却过了这条线大约两百英里。突然之间，到白湖来的旅游者不够填满他们购买或修建的所有那些房间了。现金流减小到只剩一滴一滴的。每个月的按揭越来越难还上了，大多数其他账单也是一样。这个地方开始陷入更深的债务。更糟糕的是，我父母又毫无社交能力，吸引不到那些仍然要来白湖的旅游者。

我父亲是汽车旅馆的接线员。他通常是这样接电话的："喂？谁呀？你为什么打电话？你要什么？有孩子的话，不要到这儿来。我们不租给孩子。他们弄坏床垫，吵得很。如果你有小孩，那我们就没有空房！"

到这时，我已大学毕业，正在曼哈顿上班。在我看来，我的生活已经发射上天，星星才是尽头。我的时运在上升的同时，我父母的却在迅速沉没。等到他们显然将要失去一切——他们一生的积蓄、他们唯一的收入以及他们仅剩的一丁点儿理智——的时候，他们要求我来为他们管理汽车旅馆。

回头来看，我可以十分清楚地看到那个时刻，那不怎么精明的手段，如何把我拖入他们的噩梦——我父亲懊悔地耷拉着双肩，头低着，恳求我帮助；我母亲，突然间意识到并庆幸我有管理汽车旅馆的本能（谁知道我有这种天赋？）。于是那几个魔术般的词汇将启动我潜意识的程序——妈妈花了很多年培养的负罪感，为的就是像这样的一个时刻："唉，埃利亚胡，你不帮我们，我们怎么收场啊？我们可怎么办哪？"

不过，倒不只是负罪感抓住了我的内心。终于，我有了机会，来证明在父母眼里我是有价值的。终于，我将拥有我一生都在渴求的两样东西——他们的爱和赞赏。很多年来，即使我在做着最喜欢的事情，试图建立一种独立的生活，我还是极想得到他们的赞许。这次是我赢得它的机会。

"好的。"我告诉他们。我们做了安排，周一到周五我还是留在纽约城，继续作我的画，到了周末我就来白湖，管理汽车旅馆。也许在哪个地方，摩西笑都笑死了。

当我把计划告诉我姐姐戈尔迪时，她惊呆了。

"离他们远远的，埃利奥特，"她建议道，"别干这事。不要把生活浪费在他们和那愚蠢的汽车旅馆上头。救救自己吧。那旅馆永远出不了头的。"

自然，后来我们看到她的话实在是未卜先知，但是我太没眼光了，这么明显的事情也看不出。除此以外，我仍然喜爱新鲜沥青的气味。

03

我的"另类"生活

我站在吧台旁的阴影里，斜靠着售烟机，一支接一支地抽烟，偶尔也吸上几口饥渴的追求者送上的大麻烟卷。"矿井"（The Mnie Shaft）是格林威治村小十二街的一家性俱乐部，那天晚上三层楼都挤满了人。然而，我的注意力只集中在一双眼睛上——野性、愤怒又渴望猎物——那双眼睛不停地回头看我。我欲望的目标，是高而细瘦、从头到脚穿着紧身黑色皮衣的人。手铐和九尾鞭吊在整套着装的一侧，而皮兜帽垂落在一个肩头。我的打扮也差不多，但是我根本没有这样的自信。在我心里，我又肥又丑。从那个时候我拍的照片看，倒不完全是这么回事，但重要的是看你心里怎么想。那天晚上，从房间对面吞噬我的那双眼睛美丽而又有点令人惧怕，在我看来，我身上毫无东西可以吸引有着这样一双眼睛的人。

　　就像狮子突然从慵懒中觉醒而准备进食，我的捕猎者慢慢向我靠近。他愤怒而恶意地凝视我一会儿，然后对着我的肚子狠狠打了一拳。这可真是一"捣"钟情。然后他开始了他的追求仪式，把我引到房间的中央，在那里他让我成为大约一百个男人的前戏对象，这些人都穿得像巡警、州警，甚至有一个人像纳粹军官。

我还是孩子的时候，获得的唯一关注是以拒绝的形式到来的。这里，突然之间，却是几十个男人，他们都想要我。这便是纽约同性恋性酒吧的美丽之处：每个人都想要每一个人，甚至包括我。在许多方面，我都是典型的男同性恋，这绝对没错。在被社会各个方面（除了我们自己的团体）排斥之后，同性恋男人释放出他们郁积已久的性欲，急切需要得到纽约的性酒吧和公共澡堂的接纳。原先对我们的家庭和同事隐瞒的事情，在"矿井"这样的地方一下子公开曝光了。我觉得我比多数同性恋更丑陋、更令人厌恶，这使得任何形式的接纳立马变成了速效催情药。我现在的处境——在一间宽敞、灯光暗淡的屋子中央，有几十个男人在抚弄、摸索、抓抢和掐捏我——是在实现我一个更好的性梦想。

那头狮子旁观良久，于是走过来，推开围着我的那些男人，嘴里吟唱着甜美的诗歌："快快收拾，你这狗娘养的犹太崽。你闻着就像他妈的马桶。"我简直是一阵狂喜。到外面，他叫了辆出租车，带我回"他的地方"去，那是苏荷区一套极大的 loft[1]。

太多的大麻烟和 THC[2] 药丸弄得我十分顺从，但是看到他的公寓，我一下子从迷醉中惊醒。墙上挂着一面巨大的纳粹旗，也许有

---

1 源于纽约苏荷区，由旧厂房或旧仓库改造而成的高而开敞的居住空间。
2 四氢大麻酚，大麻的主要化学成分之一。

三十英尺宽二十英尺高。到处摆放着长刀和马刀。我希望我的性游戏是仪式化的施虐受虐。一些带劲的掌掴、拳击和脚踢是必要的，但是刀刺和鲜血绝对要不得。我隐隐觉得，我这位愤怒的新朋友也许不会固守同样的界限。

"嘿，我不是很舒服，老板，"我说，"我想走了。"

"你哪里也别去。"他说。说着，他抽出一副手铐，扣住了我的手腕。然后拿兜帽套住我的头，把我铐在床上。我立刻又兴奋又惊怕，而这，使性事越发让人战栗地激动。我们这个晚上和第二天大半天都在全力干那事，直到毒品和疲倦最终把我们耗尽。

我们各自从性与毒品引致的昏迷中睡醒，我爬下床，四下参观他的公寓。假如头晚我没有被毒品、欲望和恐惧——特别是惧怕纳粹党徽——蒙住眼睛，也许已经注意到墙上贴满了我平生所见的最令人惊叹的黑白照片。这些当然不是你们那种典型照片了。男人女人摆出惑人的色情姿势，很多人一副夸张的施虐受虐狂的样子，而大多数人都处于高度兴奋状态。在那么多脸部肖像中，我认出了一个——格林威治村歌手、歌曲作者，最终成为朋克摇滚偶像的帕蒂·史密斯[1]。

我这位敌意的主人有好几幅肖像挂在墙上。几张摄影展的招贴海报也加框悬挂起来了。每张海报的底部都是同一个签名：罗伯特·梅普尔索普[2]。我对摄影一无所知，这名字也不怎么如雷贯耳。

"你做什么工作呢，老板？"

---

1 Patti Smith（1946—），美国摇滚史上最有影响力的女歌手，有"朋克摇滚桂冠诗人"之称。
2 Robert Mapplethorpe（1946—1989），美国摄影艺术家，以拍摄大幅的花卉和裸体黑白照著称，是帕蒂·史密斯的情人和她首张专辑的封面设计者。

"我是摄影师。"

"那……你叫罗伯特。"我说。

"是啊。"他说。说着，他滑动墙上一块巨大的分隔板，打开了另一间屋子，里面放有五十英尺长的木箱柜，每一个都装满了摄影作品。我浏览着这层层叠叠的作品，不由得肃然起敬。无疑，我意识到罗伯特·梅普尔索普必是某一类的天才。那难以想象的美感与令人迷醉的视角征服了我。很多照片拍的是花，都插在一个小小的花瓶里，投射的光线是那么精细、柔和、富有显现力。至于照片中的人物，大多是裸体的。每张照片似乎都要显露那人的灵魂——这一个强壮，披了铠甲如战士一般；那一个毫无遮蔽、易于受伤、充满恐惧。很多照片摄进了正在交欢的男人，这些肖像都非常富有解放力，根本上是革命性的。它们描绘了同性恋每天都在做的性活动，这类活动被更大范围的社会所拒绝，正如同性恋他们自己被拒绝一样。梅普尔索普把同性恋性行为——推而广之，同性恋们正过着的生活——从柜中搬了出来，向全世界广播。每张照片都是不容否认的勇气的宣言，是对边缘化或否定的顽强拒绝。显然，罗伯特是那种撼动世界的艺术家，只用一张照片来改变人们的观念并挑战他们长久墨守的信念。

终于，他打断了我的遐想。

"我想给你拍照片。"他说。

"是吗？为什么？"我问。

"我想让你穿上盖世太保制服摆姿势。"

"我可不干，老板。"我说。

"你要做。"他说，声音硬得像花岗石。

我们并不是你所谓的天作之合。

"也许你愿意哪个周末跟我一起到白湖来。"我提议道。

"我不知道白湖在哪里。"他的声音低沉而轻蔑。

"在上州，走纽约州高速公路只有一两个小时。我们有家汽车旅馆——没什么奇特，但是很私密。"

"你没听懂我的话，"他说，"我有别的计划，不包括结交朋友。我根本不想知道你那个狗屁汽车旅馆，或者你的其他生活。你甚至不是我喜欢的类型。"于是我们的舞蹈开始又结束了。

几个月后，我在《村声》(The Village Voice)和《苏荷新闻》(SoHo News)上看到有关他的报道。他在反抗对他的摄影作品的审查。后来，我顺道走进下城一家正在展览他的作品的画廊。他看见我进来，就好像从来没见过我一样。

这大概就是我的性历史的总结吧。凡是跟我有过性关系的人，在光天化日之下看见我，总是假装不认识。从我还是小孩子的时候起，就是这样。

* * *

我十一岁时，开始在白天——有时候是晚上——偷偷溜出家门去看电影。我乘坐地铁从布鲁克林到曼哈顿的时报广场，那里有几十家昼夜营业的电影院。我长得比同龄人高，很容易混过十六岁的限制——好像并不是每个人都在意。我要了张票，付了钱，就进去看想看的电影了——由老瑞和哈迪[1]、阿波特与科斯特洛[2]、马克斯兄弟[3]、贝蒂·格拉布尔[4]和卡门·米兰达[5]主演的电影。

在1940和1950年代，时报广场的剧院都是装饰华丽的大宫殿——最初是用来演戏的，但是后来就改做了电影院。这些电影院有巨大的楼厅，可以容纳数百人。沿墙大约在地面和天花板的中间位置，设有精心安排的包厢。墙面和楼厅都以金叶装修，饰以狮头浮雕和其他形式的装饰物。银幕特别大——一面巨大的白墙，相当于现在许多银幕两三倍的尺寸。每张票可以让你看两部电影，外加一些新闻片和一部卡通片。这样你可能会花上大半个白天或晚上看电影和卡通了。

一天晚上，住在我家附近一个名叫弗兰克的小孩，只长我两岁，在我旁边的位置坐了下来。他没有跟我打招呼，而是直接望着银幕。我没在意，继续看电影。不久，我模糊地意识到弗兰克的肩膀已经一点点靠了过来，而他的大腿正在蹭我的腿。我还是没管他，直到我意识到他把手放进了我的大腿内侧。然后他挪开了手，似乎注意力暂时贯注在什么事上。突然，弗兰克转向我，一把小刀指着我的脸。

"埃利，坐着别动，不许出声。"他低声说。

我吓呆了。他收起小刀，继续看着银幕，却把手放在我的胯部。然后他拉开我的裤子拉链，开始抚弄我。我惊恐地坐在那里。出了

1　Laurel and Hardy，1920年代至1940年代极为走红的喜剧双人组。
2　Abbott and Costello，巴德·阿波特和卢·科斯特洛组成的美国喜剧双人组，在1940年代和1950年代早期非常受欢迎。
3　Marx Brothers，美国家庭喜剧组，由马克斯家五兄弟组成，活跃于1905至1949年。
4　Betty Grable（1916—1973），美国电影女演员、歌手与舞者。
5　Carmen Miranda（1909—1955），葡萄牙出生的巴西桑巴歌手、舞者、百老汇演员与电影明星，1930年代到1950年代受欢迎。

什么事？我该怎么办？我认识我家附近的这个男孩。如果我跑了，他下次看见我准会痛打我一顿的。很快，恐惧开始混合着我不懂得的神秘快乐了。我发育得晚，对性简直是一无所知。我甚至从来没有手淫过，可是弗兰克现在却在给我手淫，而我正有了反应。不一会儿我到了高潮，弗兰克站起来，头也不回地走了。我裤子前面有一点湿，但我不知道为什么。我的第一个念头就是也许我流血了，这可把我吓坏了。我一定是在极度的恐惧和迷惑中坐了一个小时，不知道该怎么办。最后，一位女引座员出现了，她用手电筒照我的脸。在她的后面，我听见父亲的声音在说："你在这里干什么，埃利？你妈妈，她担心得发疯了。我的儿子在哪里？她就想知道。"

他带我回家，用皮带抽我，然后打发我去睡觉。在我房间里，我脱下衣服，看见裤子上没有血。我长舒了一口气。我悄悄下楼潜到地下室。我家还有一只前面装填的老式煤炭炉。我打开炉门，把我的裤子和内裤扔进火里。然后我溜回楼上，进去冲澡，之后，睡觉去了。

几天以后，学校里一个同学问健康老师单词"手淫"是什么意思。老师拒绝回答，这一下就提醒了我这个词一定很重要。那天我回到家就翻字典。好了，我自言自语。那是弗兰克对我干的事情。对了。我明白了。这里说没有坏作用。不会危及生命的。好，这是好消息！

现在去看电影就有了一个新的理由，没有什么能阻止我，甚至皮带的威胁也不能。

事实上，弗兰克让我看见了我周围一直在发生的事，只是我没有意识到而已。时报广场那些电影院其实都是肉屋。男孩和男孩、男孩和男人、女孩和男孩、女人和男人一直在影院各处发生性行为。楼厅是首选之地，因为你可以藏在暗处。电影院是你寻找性的地方，我意识到。这个发现让我充满一种奇怪而强烈的兴奋。大银幕上巴德·阿波特掌掴卢·科斯特洛的时候，他们的艺术赞助人也在过道中互相玩着开心掌掴呢。

下一次去看电影的时候，我坐在位置上，懒洋洋地歪着，期待着某个人走过来。我没等多久。一个穿雨衣的男人出现了。他脱下雨衣，在我旁边坐了下来，把雨衣扔在腿上。然后他把雨衣传到我的腿上，开始触碰我。第二个发现：剧场里到处是穿雨衣的人群。男人们罩着男孩女孩，在雨衣下干着各式各样的性活动。这个世界正在向我展开，我正像谚语中站在性商店里的孩子。我想要能够得到的一切。我生命中第一次感觉到了欲望。

结果，这第一件雨衣和我成了固定搭档。每周五晚上七点半，我就会出现在那家剧院，坐在我惯常的位置上。不久他便在邻座坐下，看也不看我一眼，就把他的雨衣铺在我的腿上，做起例常的事来。这样持续了几个月。但是一天晚上，一个黑人早早抢了先，开始抚弄我。我的固定追求者到得迟了，他不甘心，跟那个黑人打了起来。两个家伙在走道上大打出手，这时我的固定搭档掏出一把刀来，追着那个黑人跑了。

哇，这么刺激！我很难想象两个男人想要我，更想不到他们居然为我打了起来。我一生从来没有得到过如此关注。然后就是他们的触摸。人们触摸我，是要得到快感。而不管他们本意如何，他们也确实给了我快感。那一刻之前，我生活的经验恰好是相反的。我在家里每一次被触碰，都伴随着剧痛。但是正如我很快就会了解的，甚至痛也可以有它的快感。

后来，满十三岁以后，我继续去别的电影院。一天晚上在里阿尔托剧院（也是位于时报广场地区），一位高个、穿着讲究的男人在我旁边坐了下来——我妈妈一定会称这个人为"亲爱的先生"的。他拉开我的裤子拉链，开始不停地按压我的阴茎，直到它硬得像石头。然后他开始用指甲抓搔我，最后我感觉有血滴进了裆里。我一直一声不发，然而强烈地意识到痛大大提升了我的快感。这个男人，也成了我的固定搭档。我会在午夜前后出现在里阿尔托剧院，等待这位穿漂亮套装的绅士。有时候人们会观看他对我行事，让这种经历越发刺激。

我的"先生"离开后，我会坐在那里不停地哆嗦，一边努力控制自己。到底是什么道理，我根本不能理解。这完全是本能、不由自主。但是这样却开始了一条新的性探索线路——在电影院里寻找、发现恋童癖虐待狂。这是我的秘密世界，那里有我的秘密快乐。假如我曾细细思考过，也许会说我的电影院历险是我在家里和犹太法典学校所忍受的一切暴怒、痛苦和不幸的补偿。

用不了多久，我就开始自己要求粗野的性了。当一件"雨衣"坐在我旁边的时候，我会松开皮带，绕在手腕上。我的追逐者立刻就明白了，并马上予以充分利用。

我以前就已经知道，我的行为并不是特别稀罕的。电影院里存在一整套的性虐待与受虐亚文化。一天晚上，一个牛仔打扮的男人悄悄挨近我身旁。最初一轮前戏之后，他从口袋里拉出一条绳子，接着把我的阳具绑了起来，然后用香烟打火机燎我的手臂。人们惯常带着手铐、打火机甚至刀出现在这里。

有时候事情弄得很危险。一天晚上，在一家几乎没有人的电影院，一个穿军服的男人把我绑了起来，威胁要杀死我。我吓得三魂出窍，七魄升天。我肯定我不能活着走出影院了，但是当我假装喝醉，晕乎乎而无法回应他的时候，他倒觉得没意思了。另一次，一个十几岁的男孩在一旁观看一个老男人给我手淫。事毕之后，这个男孩坐到我旁边，拿刀指着我要我交出钱来。我把钱包给了他，里面只有一张一块的钞票。他哪里知道我总是把钱放在袜子里。我多长了个心眼。

的确，我时常感到害怕。但你是一个小孩子，极度渴望生理快感，这个时候危险似乎显得很小，也可以避免。现在，回首生命中的那段日子，我意识到我是多么绝对、彻底地孤独，而我又对任何形式的身体接触多么饥渴。

与所有人一样，我是在家里体会到什么是爱的。事实上，我所经历的"爱"只是操纵和暴力。两者都裹上了家庭和关怀的糖衣伪装。实际上，我家没有一个人把爱这个字眼用于其他家庭成员。我们"爱"巧克力，我们"爱"我们的电视机。但是我们从来不说我们彼此相爱，而且我们家没人得到过出于真正爱心的对待。我早期的性经历也没有多少不同。唤起、触摸和高潮的性快感都非常真实，但是它们来自陌生人，其实是各式各样的性骚扰。然而正如我对爱不熟悉一样，我并不知道对于性可以期望什么。我父母从来没有对我讲起过任何一方面。一句话，我所经历的性是虐待的性，差不多跟总是如此的爱一样。

所以我，埃利奥特·台伯，是被迫和男人发生性关系的，然而最初我并没有想到是这么回事。我认为这是自然而然的。直到很久以后，我真正跟我喜欢的人做爱时，我的真实天性才显露出来。

* * *

那是我刚满十六岁的夏天，就在我上大学之前。一天，我决定去皇后区的里斯海滩玩。我穿着游泳短裤，躺在毯子上晒太阳。终于，有人在旁边铺上毯子，和我并排躺了下来。我注意到他的年纪和我差不多，是个英俊的年轻人，但是我很快转头避开了，没有理他。不久，我感到一只手伸到我的手下面，手指和我的相交。我很惊奇，望着我的邻居微微一笑。那年轻人也对我微笑作答，说他叫巴里。

"我叫埃利奥特，"我说，"我的朋友叫我埃利。"

我的第一个念头总是：这么英俊的年轻人怎么可能对我有兴趣呢？但是显然他有。我们谈了一两个小时的电影和学校生活。他的手在沙里不停地抚弄我的手。这一切既新鲜又刺激——一份最初的爱。最终，我提议到我家去。我父母和姐妹都不在，而我知道这房子就是我的了。我从来没有带男孩回家来，那种兴奋简直难以抑制。

我开锁进门的时候，立刻觉得心里涌起一股羞耻。我们的家具是从救世军那里弄来的；那个慈善机构都不要的一切不合格的东西，我们几乎没花什么钱就全搬了回来。现在公开示众了。唯一有配套家具的房间是我姐姐戈尔迪的，我立刻将巴里引向那里。

巴里是我吻过的第一个男人。事实上，他还是我跟他算得上"做爱"的第一个男人。我们接吻，交欢，然后居然聊起了我们的生活。我告诉他，我就要去亨特学院学习艺术了，但我想上布鲁克林学院。他正要到纽约上州的大学入学。似乎我们有可能成为朋友，以后说不定还会再见面的。单这一点，对我来说就是全新的体验了——与某个我真正面对面而且说过话的人发生性关系。

这一天一夜余下的时间里，我们聊天、做爱。我们的谈话中，巴里始终在用"gay"这个词，尤其是说到他自己的时候。我以前从没用过那个单词。即便我一直以来只跟男人性交，我也从未给自己贴上"同性恋"的标签，原因之一是我从来没有在性活动中与另一个人建立关系。而且，性活动是我一直保持隐秘的东西，甚至不让自己看见。和所有陌生人的事都发生在暗黑的剧院。总之，在大多数情况下，我不大愿意与这些陌生人有任何形式的关系。

与此相反，除了同性恋，巴里没把自己看成是别的。他对他的性取向很坦然。而且，巴里在寻找一份固定关系。他把性和关系联结在一起，也让我意识到了那层联结。他开启了我，让我自己感到需要一份固定关系，与一个特定的同性恋男人。这一切促使我接受我的下一个重大发现：我是 gay。

这再明显不过了，但是直到那一刻，它一直是我天性中无人知晓的事实。现在不但我意识到了自己十分本质的东西——这东西一直就在那儿——而且它居然还有名目。同性恋。Gay。就好像一扇我根本不知道的大门突然间訇然打开，我的房子全新的一翼显露了出来，这一翼我也许曾怀疑过它的存在，却从来没有真正细想过。

事实上，这倒并没有改变什么。我还是我。但是回头来看，我意识到也许那里有了一团新的生命火光——知道自己不是全然孤独的，由此升腾起来的一种快乐。

　　第二天早上，我们两人都醒来时，巴里说："何不给我的朋友哈维打个电话，叫他也过来？他是位剧作家。你会喜欢他的。"

　　哈维到时，巴里在冲澡，我就把他引到客厅，我们都坐在那张沙发上。我们刚刚彼此认识，哈维就把手臂伸了过来，搂住我，上上下下吻遍我的嘴唇。然后他俯身靠我更近，于是我们抱在了一起，开始了更加激情的吻。这是两天之间第二个吻我的人，我有点惊惶不安了。两位英俊的男人觉得我有吸引力，想吻我。虽然一定程度上我不能相信，但我无法拒绝被人渴望时那不可抵挡的快乐。

　　不幸的是，巴里选择了那个时候下楼来。走进客厅，他看见我们紧紧搂抱在一起。他大发脾气，穿好衣服，冲出房门，从此我就再没有他的消息了。我不能责怪他。我试着跟他联系向他解释，但是他从来不回我的电话。哈维和我来往了一个月左右，然后我们也各走各的路了。

　　一旦上了大学，我便越发清楚我的性取向了，即使我尽了最大努力不让别人知道。大学一年级，我加入了一个兄弟会，假装跟其他男孩一样是异性恋。在一次聚会上，一个红头发女人——喝醉了酒又嗑了药——喜欢上我了，把我拉进一个房间，那儿床上堆满了所有人的外套。她开始脱衣服，坚持要跟我做爱。我依从了她——很大程度上是为了掩饰——而这也是很不错的事。突然，门被撞开了，我的兄弟会弟兄们一大半拥进了房间，我和那女孩一边交欢，他们一边大声呼喊我的名字。为迎合众人，我们两个都呻吟着，但我觉得这种经验实在是令人反感。

我十九岁时，一个朋友告诉我第三大道有个粗野的同性恋酒吧，其中每个人都穿皮夹克。"想去看看吗？"朋友问。

"好啊。"我说。

我们穿着棉外套、棉裤子和平常上街的鞋来到那个酒吧。我们十分惹眼，就像妓院里的学生娃。很快，一个摩托车骑手模样、高大又满身肌肉的家伙，看见了我们，便径直朝我们走来。他上上下下打量我，向我做了个讨厌的表情，然后一拳重重打在我的肩上。"操蛋的妞儿，你下个星期六再来，最好给我穿上皮夹克、皮靴子。"他用不着给我说第二遍。

我跑到附近的军用品商店买了一件夹克、一双靴子。我的朋友听说我买了这些必需的衣物，他说："你不会再去那里吧？"

"我当然还要去。"我说。

"你疯了。"他说。

"马龙·白兰度就穿皮夹克。为什么我不可以？"

下一个周六，我出现在第三大道那个酒吧，看起来跟其他每个人一样粗野。那个高个子骑手走上前来，上上下下打量了我一番，又给了我一拳，然后吻我。随后的三天，我们是在他的公寓度过的，一直在干着让人激动得发抖的性虐待与性受虐行为。然后，就像这以前和以后的其他人一样，我没有再见过他。

* * *

　　从学院毕业之后，我在格林威治村找了间公寓，开始在W&J·斯隆做室内设计师。我还为富裕的赞助人做了许多自主设计工作，客源很稳定。我的事业上升很快，不用多久，我就开始与纽约的富人和名人混在一起了。那时我的朋友中有阿尔文·爱泼斯坦，一位著名的百老汇和电视演员。阿尔文好像认识艺术圈和好莱坞的每个人，而且他不停地收到邀请，参加最好的聚会。

　　一天晚上我们在格林威治村的圣雷莫见面喝两杯，这里是同性恋常去的地方，偶尔也有名人来。我们还没有喝完第一杯，我就注意到马龙·白兰度和沃利·考克斯[1]正坐在近旁一桌。我用手肘碰了碰阿尔文，说："你看，我没认错他们吧？"

　　阿尔文转过身，然后大笑起来。笑着，他站起身，朝那两个人走去。阿尔文、白兰度和考克斯一下子热烈地寒暄起来，然后是拥抱。我跟在后边，但是白兰度和考克斯坚持要我们四个人坐在一起。

　　白兰度散发着性感。不管你是异性恋还是同性恋，看到他，你不可能不想到他在床上的样子。白兰度和考克斯都已经喝了好一会儿，都颇有些散漫不羁了。

　　白兰度看着我，说："嘿，小孩。你在盯着什么呢？"

　　我立刻慌了，说："他真是皮珀斯先生吗？"沃利·考克斯——后来主演过许多极受欢迎的电视秀，包括《好莱坞广场》（*The Hollywood Squares*）——最初是以1950年代情景喜剧《皮珀斯先生》

1　Wally Cox（1924—1973），美国影星、喜剧演员。

049

（*Mister Peepers*）的标题人物一角成名的。

考克斯转过身，对我说："不，我是奥森·韦尔斯[1]。"

白兰度笑了，说："不对，他是丽塔·海沃思[2]。"

我接着就告诉白兰度，别人一直跟我说他和我看起来就像双胞胎。

每个人都大笑起来，逗乐就这样开始了。

"你从哪里来，小伙子？"白兰度问我。

"我？我家在布鲁克林的本森赫斯特，离科尼岛不远。"

"你不是离家很远吗？"他问我，"你不知道这家酒吧里有很多基佬吗？"

"嘘，"我说，"别人会听见的。在本森赫斯特，我们没有基佬。"

每个人都开心地大笑起来。

"你们当然有，"沃利·考克斯说，"他们到处都是。即使科尼岛也有。你父母知道你在跟基佬喝啤酒，会说什么呢？酒保，给我们这儿的布鲁克林小孩再来杯啤酒。"

"真不敢相信我在跟皮珀斯先生和斯坦利·科瓦尔斯基[3]一起喝啤酒。"我对考克斯和白兰度说。

白兰度回答道："不，我不是他。我是伊娃·玛丽·赛恩特[4]。"

"我在攒钱，准备买一件摩托车手皮夹克。"我对白兰度说。

然后放低声音，像阴谋者密谈的样子，对两人说："嘿，你们两个

1　Orson Welles（1915—1985），美国电影导演、编剧和演员。
2　Rita Hayworth（1918—1987），美国著名电影女明星，1940 年代曾红极一时。
3　《欲望号列车》（*A Streetcar Named Desire*）中的男主角。
4　Eva Marie Saint（1924— ），美国女演员、制片人。

都是，呃，同性恋吗？"

"开玩笑，"考克斯说，"我们是来看看他们这些酷儿[1]的。我们么？根本不是。你跟他们是一伙的？"

白兰度插进来："他是从布鲁克林来的，记得吗？他们那里没有嘛。"每个人又都爆发出笑声。

"我不知道说什么，"我对他们两人说，"你们都来了，跟普通人在一起。"然后对白兰度做了个手势，说："你得了一次奥斯卡，因为哭得响。"

白兰度微笑了，他说："听我说，小伙子。给我一个拥抱吧，不过要男人味的。"

"也给我一个拥抱如何？"考克斯说，"你不想告诉你爸爸妈妈，皮珀斯先生和马龙·白兰度请你喝啤酒又拥抱你了吗？"

我站起来，有点敬畏地拥抱了他们两位。

"我跟你说，"白兰度说，"我们要去参加一个聚会，离这儿就几个街区。去参加聚会吧，我们想怎么拥抱就可以怎么拥抱。"

沃利·考克斯凑近我，用一种狡猾的舞台旁白的语气，说："但是我要警告你。聚会上可能很有一些同性恋的喔。"

那个晚上我和马龙·白兰度、沃利·考克斯、阿尔文·爱泼斯坦以及一大群名人混在一起，他们许多是同性恋。那是我一生中最好的夜晚之一。

像这样的夜晚在任何人一生中都是罕见的。它们是极度的高昂，而对于我，后面紧跟的便是极度的低落。那天晚上我回到家里时，

1　Queer，对同性恋的贬称。

感到非常孤独。我不多的朋友和亲戚都有某个人，可以回那里的家——他们可以和那个人分享他们的好故事。那个夜晚，我孤单一人躺在床上。没有人听我讲我与马龙·白兰度和沃利·考克斯欢笑、拥抱、狂欢一场而度过的那个晚上。我猜想我可以给姐妹中的一个打电话，但即使她们相信我（这一点很可疑），也一定不会在意。而且，当然，我父母是根本不会有任何兴趣的。

"白兰……谁？"我可以听见我母亲说，"沃利·考克斯？谁在说这些废话？听我说，你今天挣钱了吗？那个按揭，简直要杀了我们。"于是，对埃利来说，这又是一个漫长、缓慢、一点点沉入黑暗中的痛苦夜晚。任何时候只要这艰难的孤独即将吞噬我，我都会学习我父亲这位毕生榜样——简单地睡了拉倒。

而那就是我的生活。星期一到星期五，我在纽约工作，在那里挣钱，偶尔与陌生人发生性关系。到星期五晚上，我一路开车回白湖，去挽救我父母的生意。

在白湖，我假装成一个异性恋的生意人。那自然是一个巨大的谎言。在纽约，我是艺术家兼同性恋。那才是真实情况。但是我假装两者都是，弄得我一样也不是了——至少，不完全是。

我被我的双重身份撕裂了，没有办法解决这个矛盾。如果我选择自己的生活，我会逃离白湖，就像一个人从土耳其监狱里放了出来，但是那样我父母就将一贫如洗。反过来，如果我不选择自己的生活，那我也许会开车从乔治·华盛顿大桥上一头栽下去。不管哪种选择，时间在一分一秒过去。每个星期五下午，我沿着纽约高速公路北行，而我的朋友们开车向东前往火岛，这个时候，我朦朦胧胧地默想着我的生活陷入了多么彻底的混乱之中。在开车回汽车旅馆的途中，我姐姐预言家似的警告常常萦绕心头。"你会把你最好的年轻岁月抛撒在那个没用的汽车旅馆上，"她说，"它不会有结果的。"

无数次，我真想掉转车头，忘掉我还认识那两个愚蠢的笨蛋，他们以破坏他们和我的生活为乐。有时候我想把他们两个都掐死。但是我继续朝 16 号出口开去，尽管脸上流淌着泪水。

04

歇斯底里笑着
挖个更深的墓坑

"什么？你打算干什么？"

　　我的治疗师莫里斯———一位平素很镇静的男人———从嘴上摘下烟斗，感谢他的臀大肌的突然收缩，从他的皮椅上做了一个相当漂亮的腾空落地。我想为腾跳的高度给他个 9 分，但是考虑到他上下乱摆的手臂，只能为他的姿势给个 3 分。

　　莫里斯是在对我的最新计划做出反应，我准备为汽车旅馆招徕生意。

　　"安装游泳池？"他怀疑地问，"你疯了不是？你必须想个办法从那里他娘的跳出来才对！每个旺季，你都在债务里越陷越深！我告诉你，埃利奥特，你一个子儿也挣不到。你到六十五岁时什么钱也不会有，你的结局就是住在哪个公共收容所，双脚周围都是报纸。卖了那个地方，把你的生活找回来吧！"

明智的建议，并且付了五十块一小时的咨询费，你方可认为我会听。但是我患上了你的那些寻常病态赌徒同样的疾病——就是说，我总是在想，如果我再冒一次险，就会赢得头彩。

游泳池耗费了一万美元，在 1968 年那可是一大笔钱。不过，我为一位男爵夫人在公园大道的阁楼里画完了一幅新古典式花园的巨大壁画，后来我知道，她在第三帝国拥有汽车生意。所得报酬将足够支付游泳池的开销。建筑工人已经破土动工，这时男爵夫人的室内装饰师保罗·迪蒙帕赛诺却拒绝付款给我。

保罗声称我的花园不是真正的新古典主义风格，又说他不喜欢壁画的艺术质量，并且决定，壁画一完成，就要把我的颜料扔到大街上，把我锁在门外。我把这两个赖账的家伙告上了法庭。

我的理由比他们两个想象的都要强那么一点。我从来不是个爱吹嘘的人，所以没告诉过那位纳粹男爵夫人和她长麻子的意大利狮子狗，我是亨特学院的美术教师。我也没有提起曾邀请我的系主任埃德娜·洛伊茨博士在阁楼没人的时候来看过画。洛伊茨博士喜欢这件作品，决定拍一些照片，这些照片我后来给了几位艺术史家看过。他们在法庭上确认了花园风格的真实性。至于作品的质量，洛伊茨博士为此作了证。

"法官，"我开言道，"我需要这笔钱给我母亲，1914 年她从明斯克走到纽约来，逃离了强奸和玷污无助犹太家庭的哥萨克人。"后来回想起，我想我讲这个重复了无数遍的悲伤故事，部分的原因是我想在公共场合给我母亲一些无声的报复。"如果我母亲没有得到这笔钱，"我继续道，"我们汽车旅馆现在正在安装游泳池，那我就没办法支付这笔费用了，也就是说我们肯定要破产，我妈妈将流落街头。"

也是命里注定，法官本人就是俄国移民的儿子，也是来自明斯克。结果可想而知。

"我妈妈，愿她安息，可能就是跟你妈妈坐同一艘难民船来的，"法官告诉我，"为了给我付法学院学费，我妈妈替人洗地板，从明斯克洗到明尼苏达。"然后他转向狮子狗保罗，说："公爵，"——保罗曾宣称是王室血裔——"付清你的账单，不然你就是煮熟的饺子了。"

承蒙男爵夫人的慷慨，游泳池最终建好了，虽然没有我喜欢的小浴室和各式躺椅。作为替代，我们放置了一排救世军的折叠椅。虽然很漂亮，游泳池却没有吸引来任何新的生意。台克伯格诅咒再一次把我吸进去再啐出来——这次是一个大游泳池，需要不断维护。

* * *

我们是 1955 年起步的，当时只有一幢比较小的客屋，九个房间而已。其中两个房间还是妈妈在两个大房间中间拉上帘子隔出来的——这样两个房间就变成了四个——还有一间是把一口大木柜钉在后面树上做成的。

当事情朝着命里注定的方向发展，也就是直线下滑时，我们做了台克伯格一家想得出来的唯一一件合乎逻辑的事——我们建造更多的房子。到 1969 年初，我们骄傲地成为纽约最丑陋、经营最为不善的汽车旅馆和度假村的业主，拥有 74 间客房——其中一打是平房——以及 15 英亩土地，夹在两条交叉的公路即 17B 和 55 号路中间。

如果你站在 55 号路上，也就是我们产业的北界向南望，看看我们汽车旅馆的五幢主要建筑，你会以为这地方很多年前就让人废弃了。我们的房子都漆着白色，但是一些外墙上爬满了藤蔓。一丛丛过度茂盛的杂草之间随处露着泥土。游泳池在一幢主建筑后面，周围是一圈杂七杂八的旧椅子，没有一张能引起你一丁点兴趣去坐坐。就在主建筑和游泳池的南边是我们破落的平房群，很多都摇摇欲坠。那些平房位于沼泽地里，因为排水不善，下水道又一直出问题，这里就算干爽过，也是极罕见的事。有时候，你需要一双好的防水套鞋才能安全走到平房前门，但那是我们不喜欢谈起的许多事情之一了。

一切扩建的费用都是靠我在纽约作画支付的。我能做到这样，部分的原因是我抱着幻想，期望有朝一日，某位富有而漂亮的男人从天而降，从此让我一生安乐富足。同时，我还保持着另外一个错觉——我们在经营一家合法的汽车旅馆。

说实话，某些房间是不应该称作"房间"的。在一些较大的空间，我挂上了旧浴帘，很多都是开口的，上面还有污渍。于是我在浴帘前放上从雇主 W＆J·斯隆那里弄来的塑料棕榈树，加强那是一堵墙的错觉。我让老爸直接从天花板吊下裸露的灯泡，因为我们买不起真正的灯具。有时候，老爸牵电线还不得不临时凑合一点，不止一次，他被迫从淋浴装置上面拉线，这是有潜在的致命危险的，但是如果客人小心，倒也十分安全。总之，感谢浴帘和假棕榈树，我们得以把一处没什么用的空间改成两个房间。

当然，你无法给这样的"房间"挂上号码，但我们一点也不担心。许多房门没有把手，有钥匙的就更少了。床垫又硬又不平顺，油地毡又脏又破烂。杂草常常威胁要四处吞噬这片地产。而且，空调和电视机自然都是空盒子，电话也是根本不能用的哑巴。

在登记室里，我在那个电话修理工卖给我们的交换板上装了些圣诞树彩灯。这些小灯随机明灭，交换板也时不时发出一点吱吱声，听起来像是在工作。如果一个客人进来报怨他或她的电话不响，我就会说修理工都在罢工。因此，服务要推迟了。我母亲很快跟上一句，无论什么情况，一概不退款。

登记室本身就是活动房营地庸俗文化的一次喜剧性尝试。这地方原本不足五六英尺见方，但是老爸把它拓宽了，这样我们就可以供应咖啡。四周墙壁都是夹合板，除了我挂上的几个标志，如"汽车旅馆转让——给我开个价"或者"只收现金——概不退款"以外，全都是光溜溜的。天花板和地板也都是夹合板。后者铺上了廉价的油地毡，已经在卷皮而又满是污迹。这可爱的小小背景里，竟然有一套昂贵的红色帷帘特别抢眼，那是我从斯隆那里获得的。而悬吊在天花板上的才是主菜[1]——一盏本来可能悬挂在丽思·卡尔顿酒店的精巧的水晶枝形吊灯，可是现在却向世界做着夸耀的宣言：我们是荒唐可笑的台克伯格家族，亏本亏得不顾老脸了，选这样的装饰也不知羞愧。

---

1 原文是法语。

大多数人会觉得在这样的汽车旅馆里出洋相真是太丢脸了。我的工作就是说服他们付钱留在那里。这不容易。我所有的创造性技能都经受了考验。

我们买下的平房中有一座大屋，前房主把它做了赌场，玩宾果和纸牌游戏。我把这房子弄上板车，沿着公路拖了 400 英尺，最终放在了我们物业的前面。我从一家关门的保龄球馆弄来些椅子，租了一架放映机，然后就在门前挂起了标牌，说是我们的"地下电影院"。我放的第一部电影是讲一个摩托车手的情节剧。我租过、放映过其他电影，但是仅有的观众就是我们的送奶人马克斯·雅斯各，他总是默默地支持我做的一切，以及几个醉鬼，他们刚在蒙蒂塞洛赛马场输掉了衬衫。

我不放电影时，就用这个赌场做了艺术画廊。除了马克斯、伊莱恩以及拥有并经营着卡茨基尔最大最成功的度假胜地的比尔·格罗辛格，没有一个人来看。我常常给伊莱恩打电话请她帮忙。"伊莱恩，我这儿要完蛋了。你有多余的客人，求求你送些过来吧。"

"埃利奥特，我会给他们说，需要避雨的地方就给你打电话，但是我得解释说你那里是个垃圾堆。"

"伊莱恩，不要告诉客人我们有收音机，因为我们没有。"我对她说。但是我加了一句，觉得有点羞耻："我们有电视。"

"埃利奥特，我听说过你们的电视盒子。"

伊莱恩信守诺言，但是很快就没有再送人来，因为过后太多人抱怨了。

做生意就会有抱怨。大多数租房的人是从纽约来的犹太小老头、小老太，我称他们为 yentas——意第绪语，指那些嚼舌头和没完没了讲空话的人。但是时常会有些在卡茨基尔更好的度假胜地，比如格罗辛格或者康科德，弄不到房间的有钱人过来。我们从不拒绝任何形式的生意，但当这样一个人进了我们的房间，我们知道可以期待些什么。

一天，一位怀抱小狗的女人冲进登记室，她看完房间后强烈要求退款。"没有空调，"她说，受了极大羞辱，"我住在萨顿街，我都不会让仆人住得像这样简陋。我要求看看你们的会员号。"

我叹了口气，看着妈妈，让她来回答这一位。她实在太急切了。

"我们不把房子租给你这类人，"她说，胸口高高挺起，像只骄傲的孔雀，"这是一家限制入住的汽车旅馆。你想要个号码，那就挑吧，挑任何一个你想要的号码！"妈妈在正义的愤怒中开始摇摆手指，好像要给这个女人下诅咒。"惹恼一个从俄国走到这里来的母亲，只有上帝会惩罚你。那就去吧，幼稚小姐，挑一个号码，向会员协会投诉去吧。"说完，她指指挂在登记室里的一个标志："概不退款。"

一次，一位汽车俱乐部稽查员不期而至，在我们的汽车旅馆租了一个房间。他优雅而又斯文，显然习惯于评论符合高标准的物业。我记得，他进了房间大约二十分钟就又返回登记室，一脸惊愕的样子。"这个杂物堆是餐旅业的羞耻，"他说，好像冠心病就要发作似的，"业主应该进监狱。房主在哪里？"

"他们的主办公室位于柏林希尔顿酒店。"我说。

那稽查员嘴里不停，他太恼火了，没有意识到我刚才说的话。"床单脏成那样，看看闻闻好像二十年没洗过似的。"

"那决不可能，" 我说，"这家汽车旅馆开业也才八年。"

我的话还是没有引起反应。他难以置信地说："毛巾也没有。我得给一个发疯的俄国女佣付两块钱小费才能租到一条。电视只是个空盒子。电话没有接到任何地方去。接待员只有一桶没号码的钥匙。我还不得不向同一个女佣买肥皂。她甚至要我为房间前面的停车位付租金。你们这些人怎么敢竖起'奢华膳宿'的标志？我要求全额退款，外加道歉。"

不消说，妈妈接手过去，而那个稽查员的要求没有得到满足。又是一个不满意的顾客。

为了保持自己的心态平衡——更不必说有朝一日逃出这个地方的希望——我在物业四处挂上标志，又沿通往白湖的公路竖起标牌。我们有五面广告牌，老爸和我又做了好几个。在其中一块广告牌上，我写道："前面道路已被冲毁！不能掉头。请绕行。路到头之前最后一家汽车旅馆！"另一面写着："这家汽车旅馆没有加盟希尔顿国际、巴黎乔治五世、ITT 喜来登、格蕾丝公主酒店。"

在地产各处，我在汽车旅馆外墙上悬挂小标志，或者把标志插在草里。"欢迎变态人士""虐恋俱乐部"以及"鹰巢"。鹰巢是格林威治村一个同性恋俱乐部，但是只有同性恋知道。提及这个也是某种形式的暗语，事实上确实使偶尔经过的同道停下车来。这些标志让我保持忙碌——以不止一种方式喔。

这些标志对我来说也是必需的，犹如高压锅的出气阀，没有它锅就会爆炸。我是同性恋艺术家佯装成异性恋商人，单是这一点就足以让一个心智正常的人发疯。但是把这样一个人扔到我父母这类人中间，呵呵，你不是去画标牌就是去自杀，而我选择了标牌。

我开了一间酒吧，侍者都不着上装——一些穿比基尼内衣的21岁男孩——为客人服务，客人大多是女性。为了增加一点点刺激和娱乐，我在男厕所设置了一块大画板，放上许多五色魔术笔，这样男人便可以随心所欲写画色情涂鸦。然后我告诉那些女人，如果在午夜买一杯饮料，就可以进男厕所，看看他们写了些什么。我又继续发挥那个点子，把便宜的白色纸盘一美元一个卖给女人。她们在上面可以写下任何想写的东西，然后把它们订在男厕所的墙上、天花板上。有一阵子，女人们很喜欢这个游戏，特别是喝了几杯以后。

酒吧挤满了人，但它非常小——不到二十乘三十英尺见方。到夜深，许多男人女人都找到了看对眼的，出去办事去了。那便是我的工作最孤独的部分了。更糟糕的是，酒吧太小，挣不了什么大钱，而不管我们挣到多少，全都进了妈妈的奶罩。每到月底，我们就会资金短缺，付不起房贷，也就是说我必须向这个地方投入更多的钱，让它继续生存。

在周末，我们需要给旅馆里不多的几个客人提供饮食，于是我就到附近的中国餐馆订外卖。我用便宜的纸盘子端上饭食，这些纸碟是从一家已破产的批发供应商那里倒来的。很多时候，盘子上仍然写着订购它们的公司的名字。人们端着这样的"餐具"时，他们吓呆了。"我们没办法用这么单薄的东西吃饭。"他们说。于是我挂出一个标牌，上面写着："出了任何情况，我们一概不负责任。"

一位长舌妇问我："做这些个标牌的疯子是谁？"

"我不知道，"我告诉她，"我们睡觉时，它们就出来了。"

为了吸引更多的生意，我们开了"长舌妇煎饼屋"，爸爸和我做早餐。坦率地说，我们的菜单很有限，但即使供应那很少的几道菜，对爸爸来说也是巨大挑战。有人会说："我的英国松饼要烤焦些。"而老爸，他的屋顶工的双手永久地染上了沥青，就会看着客人，仿佛她是从外太空来的。"烤出什么你就吃什么。"他突然呵斥道。

我总在不停地寻找方法平衡我父母无限的魔力，所以我挂出更多的标志："芭芭拉·史翠珊煎饼——$40.00"；"埃塞尔·默尔曼煎饼——$60.00"。然后，在埃塞尔·默尔曼标牌旁边，我写道，"只在今天特价——$45.00"。

出于对一点社会生活的渴望，我创立了单身贵族之夜。我在《村声》上登广告说："厌倦火岛了吗？你相信白湖——花费只有一半吗？单身贵族周末。"后面我给出了来汽车旅馆的路线。结果来了好多失败者、醉鬼和不适应环境的人——甚至还有个秃顶的办事员，他总是追问我信不信上帝。当我反问他信不信上帝时，他安静地说"曾经"，然后再不多说一个字地离开了汽车旅馆。

我在汽车旅馆干的工作列举起来似乎无穷无尽。随便说一天，我都在充任厕所清洁工、房间出租人、剪草员、厨师、游泳池跑腿的、挑粪工、顾客关系经理、旅馆保卫、婊子养的、普通搬运工。生活成了洗马桶和做煎饼连轴转。大多数日子，你都没有足够时间把事情忙完。

我若得到一分钟的空闲，便常常躲到二号平房去，那是我个人的隐避处。那里有一张破旧粗笨的帆布床，我的一些皮革行头和性虐待用具吊在天花板上。这地方就像个地牢，装备了最新的酷刑器具。我四肢伸开，躺卧在帆布床上，疲惫不堪，上面悬吊着晃动的鞭子和手铐。我实在是太抑郁，以致去弗拉特布什法典学校做拉比的职业生涯都开始像是错失的机会了。等到我最终完全放松，任思绪游动的时候，我常常幻想某个富有、漂亮的陌生人出现在眼前，将我一掠而去了巴黎。而这时我母亲的声音就会隆隆滚地而来，从心底刺穿我的白日梦。"埃利！"她尖叫道，"马桶需要清洗了。唉呀，瞧瞧乱成什么样，我的背又痛得要命！"

不过，我还有别的消遣。其中一人，我叫他比尔·史密斯，他结了婚，是卡茨基尔一家最大、最高级的酒店的共同业主。他是同性恋，需要一个发泄途径。我就是那发泄途径。他会到我的地方来，我们就在我的地牢平房里待上一两个小时。时不时，他会打电话约时间。他以为他很小心了，可是我们俩都不知道，镇子的接线员玛丽亚会进来听我们的谈话。玛丽亚嫁给了拉斯蒂，一个值得尊敬的建筑工人。这对夫妻住在我们家街对面，彼此腻味得要命。玛丽亚以偷听电话消遣。我们让她听了个够。

一天，玛丽亚向我承认，她知道为什么比尔·史密斯的车定期停在我们的旅馆前头。

"玛丽亚，"我说，假意责难的样子，"那样不好。其实，那是非法的。"

"我知道，"她说，突然撅嘴不高兴了，"可是整个镇子里就只有你们聊得有趣呀。"

＊　＊　＊

我开始经管我们的汽车旅馆不过几年，就决定加入贝瑟尔商业理事会。我很快发现它功能有障碍，跟台克伯格汽车旅馆一样。会议全是长舌妇在唠叨空谈，根本没有认真努力为社区创造商机。更叫人沮丧的是，我是理事会里受教育程度最高的人，也是唯一一个对改善我们的绝望命运有点想法的人。理事会其他成员早已熟悉我，也知道我因为创造商机的可笑努力而留下的名声。我的努力从来没有一次成功过，但是在一个长久以来屈服于失败的小镇里，我看起来像是理事会唯一活着的成员。于是，大家一致投票，推举我做了贝瑟尔商业理事会的主席。合众为一[1]。

会员们都很激动。现在真正兴奋的时刻到来了——他们想告诉我把游客的美元引到贝瑟尔来的宏大构想。前主席是六十多岁的埃塞尔，她同大家一起鼓掌，以无法抑制的兴奋宣布道："埃利奥特，我们想修一条单轨铁路！"大约六位女士和两位男士都睁大眼睛期待地望着我。"你是怎么想的，埃利奥特？难道这不是好主意吗？"

另一个热切的声音插话了。"迪士尼乐园就有单轨铁路，埃利奥特。它带来了大量生意。我们想修一条从纽约市直达贝瑟尔的单轨铁路。我们甚至可以把所有窗户漆成黑色。这样，乘客就看不见纽约和我们小镇之间任何东西了。我们觉得，全国人民都会来坐坐我们的单轨火车。"

这一切在进行的时候，我的意识和我却在开自己的小会。这是

1　原文是拉丁文。美国国玺上刻有此格言。

会议记录：贝瑟尔到底有什么能吸引这些傻瓜的？也许我们站在某种古怪的栅格线上——陆地上的百慕大三角——那里各种神秘力量汇聚在一起，让每个人发疯。或者也许是外星人到晚上我们睡着的时候，在我们身上做实验，而副作用就包括精神错乱。或者也许是水的原因。对，一定是因为水。

"谁来承包这样一项工程？"我问，拼命努力不让他们看出我觉得他们是疯子。

"我们不知道，埃利奥特，但是我们知道你什么事都做得成。"其中一人说。

"好吧，"我说，"我们将把这事放进议事日程，不过在着手几百万美元的大项目之前，我们先来试着做些小的。你们还有别的什么主意吗？"

他们面面相觑，一下子陷入茫然。终于，埃塞尔说话了。"嗯，埃利奥特，就这些了，"她说，"我们想出单轨铁路的主意，实在是太兴奋了，其他的跟这个一比，都有点无聊。"

"没想起什么别的？"我不相信地问。

路易是本地的管道工，他有个点子。"呃，我们确实讨论过在你的地产上设一个信息亭——就在白湖地区的入口，看看效果好不好。"他突然有点窘迫，很快补充道，"啊，没有你的许可，埃利奥特，我们不会这么做的。我们可以在信息亭放上小册子，介绍在这儿可以做的所有生意和观光活动。我们觉得那样说不定可以吸引游客。"

"好主意，路易，"我说，突然松了口气，为那一线理智的光芒而心生感激。"我还要捐出木材来修建亭子。"我们就这么做了。

父亲在我们的地上建了一个旅游信息亭，就在 17B 号路边上，那是进入白湖的一条主要通道。很快，它就成了那些坐轮椅的小老太太们的聚集地，她们告诉旅游者哪里有趣值得一去，以及在哪里住宿。

不幸的是，利昂·拉彼得斯（Leon La Peters）——他拥有白湖最大的度假平房群落，因而也是本镇最大的纳税户——却听信了搬弄是非者的谗言。一天，拉彼得斯，我们叫他拉鸡巴（La Penis），开着他的拖拉机过来，把信息亭碾平了。我看到这个行为时，第一个念头就是，我希望那里面没人。拉鸡巴并不在意，他以为自己是开着一辆坦克的巴顿将军，那亭子便是敌人，一旦倒了，他还要确信它不会再站立起来。他倒退拖拉机，来来回回好几遍碾过那薄脆的松木板，直到什么也没留下，只剩一地的牙签。他开车扬长而去时，举起拳头咆哮道："我不需要什么亭子，来告诉别人到了白湖住哪里。"

不久以后，拉彼得斯失火了——他所有的度假平房被神秘地烧成了平地。他领了保险赔偿，搬到迈阿密去了，在那里建了一个新的度假平房群，比前一个还要大。

我听到这消息以后，跑进登记室对妈妈说："老爸在哪里？"

"在沼泽地那边，洗床单呢。"她告诉我。

我一路跑到那里，落脚很小心，生怕脏了鞋子，我说："爸爸，我们要烧一场火。"

老爸拿水管浇着床单，他看着我，有点迷惑。

"我们什么保险也没有。"他说。

"我知道，"我说，"我们要弄到保险。"

"这场火怎么烧，我们铺得太开了。"他说。

我回头望望我们的地产，意识到他说到点子上了。的确，一幢建筑是能够着火，但是其他建筑也跟着着火就不太可能了，至少没有汽油的痕迹是很难的。

"是啊，你是对的，"我说，颇有点泄气，"一场火不管用。妈的！好吧，怎么说那也是不大地道。"我准备走开，不过又转身回头看看父亲，他仍然在专注于他的床单。

"这么说，爸爸，你已经仔细想过这事了，是不是？"我问他。

他什么也没说。他只是继续冲洗床单。

* * *

我做了贝瑟尔商业理事会主席，还真得到了一条好处。我有了法律权威，可以给自己发放官方许可证来举办一年一度的音乐与艺术节。在白湖，没有任何值得一提的城市分区法。我只消打印一张许可证，就可以给予自己法律许可，办一场摇滚音乐会——尽管音乐会也不怎么样。我父亲修建了一个二十英尺见方的舞台，我就在上面挂起几盏大聚光灯。它们不是真的聚光灯，只是绑在俯瞰舞台的几根台柱上的大灯泡。

每一年，我都会请到六支到一打本地乐队前来演出。他们大多是孩子，几乎不知道怎么玩乐器。但是他们演得非常开心，即使听众只限于很少几个旅游者、马克斯·雅斯各和若干本地醉鬼，恐怕这些醉鬼大多数都是聋子——音乐会之前不是，之后就一定是。乐队演出结束后，我拿出自己的唱盘，播放最好的新摇滚群体的密纹唱片，比如飞鸟乐队[1]、动物乐队[2]、爸爸妈妈乐队[3]，以及晚一些的艺术家如大门乐队[4]、乔·库克[5]、贾尼斯·乔普林[6]、吉米·亨德里克斯经验乐队[7]和奶油乐队[8]。偶尔，我甚至会放我的芭芭拉·史翠珊[9]专辑，再赢得一些嚼舌根人士的附加关注。我年年如此，一做就是八年，占了1960年代大部分年头。事实上，人们对我举办这些音乐会太习惯了，以至他们把这一年一度的活动视为理所当然。

* * *

1960年代末，我父亲的身体开始垮了。他长久以来忍受着大肠炎的疼痛和不适，而且我们不知道的是，他现在已经患上了早期结肠癌。我们的地产里有一间畜棚，他把翻修屋顶所需的材料用品都放在那里，但是不久我们都知道他再也不能做屋顶工了。于是我在《村声》和其他纽约报纸上登了一则广告，邀请一个剧团来白湖。"逍遥之地夏季剧场——人力入股。我拥有畜棚，你建造剧场。"很快，我们有了一大群艺人开进白湖。之后不久，那个"队伍"变成了剧团，而畜棚也变成了一个真正的剧场，有舞台、露天看台座椅、灯

1　The Byrds，美国摇滚乐队。
2　The Animals，英国摇滚乐队。
3　The Mamas & the Papas，美国民谣摇滚乐队。
4　The Doors，美国摇滚乐队。
5　Joe Cocker（1944—2014），英国摇滚歌手。
6　Janis Joplin（1943—1970），美国歌手、音乐人、画家、舞者。
7　The Jimi Hendrix Experience，美国－英国摇滚乐队。
8　Cream，英国摇滚乐队。
9　Barbra Streisand（1942—），美国歌手、电影演员、导演和制片人。

光和幕布。我提供免费场地租借和够他们随意吃的煎饼。马克斯·雅斯各总是带着免费酸奶、奶酪和鸡蛋出现。

我们经历了几个夏天的剧团演出，而在 1969 年春天，我们迎来了一群极好的演员，他们是地光乐手（Earthlight Players）。这个乐团由三十个饥饿的艺人和乐手组成，很能代表那个时代的精神。我们把旅馆最初的客房给了这些演员，他们则将其变成了一个小小公社。他们对剧院做了修缮，甚至砍伐了几棵树，给露天看台增加一些支撑。我们没有钱付给他们，所以他们在镇里到处打零工，一分一分挣钱勉强维持生活。同时，他们排演了他们的夏季演出剧目，这些我喜欢，但也知道本地人是不会来看的。

"没有人会来看契诃夫的《三姐妹》，"我告诉他们，"除非你脱光了演。《等待戈多》？算了吧。这些人早已生活在那出戏里而不自知。"

但是地光乐手们并不相信我。除此之外，他们是演员，一心投入他们的技艺中。而且跟多数舞台人一样，他们坚持认为奇迹就要发生。

另一方面，我知道我们最好很快揽到些生意。1969 年 5 月，现金流如此之糟糕，我们陷入亏空如此之深，以致我们都付不出这地方的按揭了。我急需钱，于是给我姐姐戈尔迪打电话，她嫁了一个千万富仔。"就借给我五千块钱，到夏天结束为止，"我请求道，"现在是旅游季节。7 月 4 日就要来了。我们肯定会有生意的。至迟九月我就能还你。"

"让它们沉没吧，埃利，"她对我说，"你在干什么？你在浪费生命。让政府没收那地方得了。"

"如果我不能弄到钱付按揭，银行这个季度末就要收房子了。"我告诉她。

"好啊，让他们收吧。他们那样才算帮了你。"

于是我去找银行经理，请求宽限一些时日。"这个时候生意不好，"我告诉他，"但是夏天情况会慢慢好转。给我一些时间，到这个季度末，我们就能够付上按揭了。"好吧，他说。他可以宽限到夏天结束，但绝不能再拖。

老爸和我把这地方漆了一遍，尽可能使它光鲜漂亮——不过看看汽车旅馆的真实状况，要说光鲜也不大谈得上。周末就像地狱，有的只是高强度的体力劳动和无休止的焦虑。我唯一的缓刑在星期日晚上到来，那时我回到别克车里，一路狂奔回格林威治村。一到那里，我直接去一家虐恋俱乐部，希望一顿好鞭可以驱走我的一些附身恶魔。

05

石墙与解放的种子

酒吧一片杂乱无章，暗黑，有极好的音响系统以及十分宽大的跳舞空间。大约两百人充塞其间，大多数是同性恋男人，也有一打左右女同性恋混在中间。迷幻的灯光下，人们跳着舞，在猎取伴侣，或与潜在的（至少那个晚上）情人联络着。

　　我们一群人时常会突然唱起歌来，特别是在放朱迪·嘉兰[1]的歌的时候。朱迪上个星期死在伦敦一间出租房里。就在今天，我们集会在这家酒吧前不过几个小时，她下葬了。对于同性恋男人，朱迪的死不亚于一个家里人过世——这位真正的家人，爱你，理解你，你从来没有过这样的家人，却唯愿拥有。朱迪身上体现了那悲剧式的"我对抗世界"（me against the world）的精神，这种精神每个

---

[1]　Judy Garland（1922—1969），美国女演员、歌唱家，以音乐剧表演成为世界级明星。她的去世也是石墙暴动的诱因之一。

同性恋都太熟悉了。她的透屋穿瓦的尖叫、忍受折磨的快乐和掺加毒品的悲怅深深影响了我们，很少有歌手能达到这一步。她唱出了我们的痛苦。她的勇敢向我们展示了该如何对待生活。而现在她去了。在这石墙酒馆，村里克里斯托夫街[1]墙上的一个洞里，每个人都感到愤怒而心情沉重。

这是六月末的星期五晚上。通常星期五晚上我要回白湖去，但这次我已决定在纽约待他一个晚上，放荡一番，也许还可以来一点狂欢。朱迪有知，也会要我们唱歌、庆祝的。我什么念头也没有，只要喝个大醉，好好玩玩，也许在石墙酒馆某个暗黑的角落碰上什么人。

上个星期天，我逃离了白湖，就像逃离了光明节的幽灵。自然，我是逃离我自己，或者更确切些，逃离正在集结的债主风暴和不幸的命运，它就要吞噬我的汽车旅馆、我父母的未来、我十年的生命和的收入，以及我能将我父母从他们自取灭亡的无能中拯救出来的可怜童话了。我一直在想什么呢？戈尔迪是对的！他们一心要毁掉自己，毁掉任何跟他们纠缠在一起的人。哦，是的，光明节的幽灵——一位老拉比，毫无疑问，穿戴齐整，一身黑衣黑帽，长胡须，还有鬓角——正准备从银行后面走出来，高高抬起大脚，把我踩得粉碎，也许那时我还在别克车里。"你应该做拉比的，埃利亚胡！"就在他把我压成土豆饼之前那一刹那，我听见他说。"你以为你上了犹太法典学校，就可以画些呆傻的标志，出租没有电视机的房间吗？"我依稀还能看见我的法典学校拉比们在点头表示同意。

1　Christopher Street，纽约市曼哈顿的一条街道，1969 年石墙事件的发生地。

当然，这些只是我微不足道的过犯而已，是我不打算深入问题的核心时显露在表面的。往深里挖，我知道我生活中一切都在走向毁灭的真正原因。我因为是同性恋而被诅咒了。

直到我看见曼哈顿庞大的天际线，眉头上的汗水才开始干。不知怎的，这绿宝石般的城市，以它无条件的接纳和成串成行的阳具，让我更能接受我自己。当我看见帝国大厦，那首屈一指的巨大鸡巴时，甚至我的呼吸都改变了。终于，我又回家了。

在白湖，我是个失败者，一个倒楣蛋，一个心神不安关在柜里的同性恋，掩护物随时有被掀开的危险。但是在曼哈顿，我是一名成功的室内设计师，国家室内设计师学会的领头会员，又是亨特学院的教师。我还是先锋派艺术圈的一分子，他们是塑造了整个美国品味的设计师、画家、摄影师、演员和作家。也许休斯顿、菲尼克斯或皮奥里亚大街上的普通男女意识不到这一点，大体上人们认为时髦或领导新潮的一切不是受了同性恋设计师或艺术家的影响，就是直接由他们创造的，这些人大多数生活在纽约或旧金山。甚至那些由超级巨星如麦当娜，或朋客摇滚歌手，或"哥特"式打扮和着装的小孩引领的潮流，无一不是来自同一源头：同性恋人群的创造力，他们很多都是在主要城市的虐恋俱乐部首次展露这些新潮流宣言的。

我们生命的活力流入了每一份艺术和创造的努力之中。举出任何一个艺术领域——小说、戏剧、诗歌、绘画、表演、设计——你都会在做出革命性贡献的人们中找到同性恋艺术家。事实上，在几乎所有重要领域，包括商业和科学，这都是真确的。颇有讽刺意味的是，历史上，尽管美国人热爱同性恋者做出的贡献，他们却憎恨那些艺术家和发明者本人。

历史或多或少就是一部多数人压迫少数人的故事。在美国，20世纪中期，你能摊上的两种最坏的命运就是做了同性恋和做了黑人，而且有些人声称，做同性恋乃是更大的冒犯。

* * *

在1950和1960年代，同性恋被医学专家认定为某种形式的心理病态。精神病学家把它看作是一种可以用弗洛伊德分析法、催眠术疗法"治愈"的疾病，而如果一切办法都不管用，还可采用电击"疗法"。精神分析专家想要我们相信，它是我们养育过程中的失常，是与母亲和父亲的关系扭曲而导致的一种心理紊乱。我完全符合这些条目——可是我的所有异性恋朋友也都一样符合。事实上，我不知道哪个同性恋或异性恋没有糟得一塌糊涂的童年。然而，成为同性恋是一种失调，治疗师要我们确信可以通过正确的行为调整予以"纠正"。他们治不好任何别的病，但是这个他们能够治愈。

还有人相信，同性恋是一种自己可以控制的选择——如果我们想要的话。很多所谓的治疗师和教士认为，某些人选择做同性恋是因为他们是邪恶的。这种信条助长了各种各样的仇恨罪，对象是那些人群，他们唯一的过错就是没有办法控制自己的性取向。

真实情况是，一旦发现自己是同性恋，几乎每个年轻男孩都面临着生活危机，其中包括自杀的念头。被家人、朋友和社会普遍拒绝，他感到极度孤独，被人仇恨。太多人认定自杀是唯一出路。那些选择活下去的人，很多试图去做异性恋。有的最终结了婚，有了孩子，其他人则做了神职人员，还有些人试图过无性的生活。几乎所有这些"康复"或"救赎"的尝试都失败了。无论怎么努力，人们就是不能否认他们在性方面的天性。的确，否认往往导致不正常的行为，甚至更大的痛苦，不单是对他们，更是对周围的人。

最终，我们懂得了我们唯一真实的救赎还是在于走自己的路。但是我们这么做，代价却很高昂。"走出去"意味着你突然间让人瞩目了——或者至少比原先更显眼。结果，你成了一个轻易的目标，不只是暴徒和憎恨同性恋的人的目标，也是法律的目标。

同性恋行为在 1950 和 1960 年代是非法的。在纽约，警察常常在中央公园和城市其他地方诱捕同性恋。运动 T 恤衫、斜纹棉布裤、一个屁股兜里垂下的色彩斑斓的手绢——手绢是同性恋 0 号、1 号通用的密码——警察看到就会做出同性恋的姿态。"嘿，晚上要做什么？"便衣警察问一个男人，他觉得此人可能是同性恋。当这个人回话并朝警察走去的时候，他一下就被铐住手腕，然后塞进警车并送往下城。很多同性恋到达警察局时流着血，身上有淤伤，也许还有几根肋骨被打断，这些都要归功于去警察局的路上被施予的"正义"。

如果你开了一家同性恋酒吧或餐馆，你会定期遭受警察搜查。据警察说，有法律条款禁止同性的人一起跳舞。一旦警察冲了进来，他们立刻要求大家出示证件，很多都被没收了。然后他们殴打变装皇后或者那些被认为太女性气的，把他们投入监狱关上一两个晚上——在那里他们又被其他囚犯进一步虐待。

许多雇主抱有相似的态度。除非你为一个同性恋老板工作，你的工作在老板怀疑你是同性恋的那一刻就处于危险中了。在1950和1960年代，没有任何法律反对同性恋歧视。仅仅因为被怀疑是同性恋，很多男人就被炒了鱿鱼，而且马上走人。

警察、法庭和雇主的态度让暴徒和黑帮得到了默许，他们选择以一种最为暴戾的方式表达对同性恋的憎恶。殴打是家常便饭，而且被视为理所当然——几乎不会被看作是犯罪。比这吓人得多的是，定期就有同性恋被杀，没有其他理由，只因为他是同性恋。

每一个同性恋都有他自己的暴力故事，我也不例外。

一次，我和一个朋友一道走出"蓝尼的避难所"——格林威治村一家同性恋酒吧——很快就意识到后面有一个十几岁的凶徒在尾随。我朋友和我都很害怕，开始加快步伐。我们没有跑，因为我们不想让他知道我们出于害怕而逃跑，而这正是我们在做的。

"你们两个妖货[1]往哪里跑？"那凶徒叫道，迅速窜到了我们面前。

"你们两个妖货往哪里跑？"他重复道，这一次脸上带着真实的恶意了。我们什么也没说。

"你戴的那块表还真不错，妖货，"他对我说，"我想你可以把那块表给我。"

就像怯懦的闪电，同我一起走的年轻人突然拔腿就跑，把我一个人留在了后面。那凶徒和我都看着他溜掉。我从来不是个飞毛腿，

1　Fag，对同性恋的贬称。

我担心如果依样画葫芦，会轻易被抓住，那事情就会糟糕得多了。

"拿去，把表拿去，别打扰我了，好不好？"我说。

"把表给我，妖货，不然我就把你切成一片片的，"他说着，从口袋里掏出了一把刀。

我把表掼在他脸上，转身没命地狂奔。一直跑出好几个街区才回头看，这里是城市灯火明亮的地区，如果有必要，我可以躲进一家商店。

这是标准的执行程序：同性恋并不反击。那是不成文的规则。我们把另一侧脸也转过来——那有实际的原因。首先，我们倾向于非暴力；其次，如果我们在斗殴中被抓住，或者我们失手伤了或杀了攻击我们的人，那么这个国家没有任何法庭会把我们的行为视作正当防卫的。

你和同伴在一起时被攻击是一回事，而你孤身一人时就完全是另一回事了。一天晚上，在42街的阿姆斯特丹剧场，一个年轻人在我后面坐下，把他的脚架在我椅子的背靠上，然后使劲压住我的肩膀和脖子。我转过身，看到了一双黑暗而残酷的眼睛，明显流露出伤人的意图。我站起来，离开了剧院，沿着街道疾奔，跑进一家通宵营业的餐厅。到了那里，我找了个雅座坐下来，这才喘了口气。

"请来杯咖啡。"我对手肘边突然出现的女招待说。显然我受了惊吓。

这地方几乎没什么人，我能看见前面一排空着的雅座。突然，餐厅门廊上一只声音尖锐的铃响了起来，一领长而黑的雨衣扫过我的手臂。那雨衣在同一雅座我的正面坐了下来。这个时候，我倒可以看清这个人了。他肤色相当深，可以说是黑黝黝的，三十刚出头，油腻的黑发，黑色的胡子碴，一双充满恶意的眼睛直盯着我的眼睛。他对我冷笑了几声，抓住挂在他脖子上的银项链，玩弄了一会，然后扯紧，好像要勒死他自己。从那双眼睛里，我能看出，这正是他头脑里想着对付我的。

他看见了我戴在右手腕上的银手镯。

"我喜欢那条身份手镯[1]，你他妈这坨狗屎，"他说，"把它给我，不然我就划烂你的脸，以后再没人要你。"

我颤抖得厉害。我站起来，快快离开了餐厅，但那个年轻人就跟在我后头。这时，如电光一闪，他到了我前面。

"你要去哪里，婊子？"他问我，"你住在附近？"

"不，"我说，"我不想惹麻烦，行吗？"

"我在那个剧院看到你好多次，"他说，"看到你在干你的勾当。跟我要对你干的相比，那简直不值一提。"

他说着，掏出警察证与徽章，用它使劲推挤我的脸。然后他把我狠狠推进餐厅边上那条巷子。一旦把我挤靠在墙边，他就开始往下摸，抓住我的睾丸，然后开始捏。

在极度的恐惧之中，我聚集了全身的力气，正对着他的眼睛一拳打去。他踉踉跄跄地后退，捂住眼睛，跪了下来。

我一生中从来没有跑得这么快过。我不停地跑，直到我赶上一辆正开始上乘客的公共汽车。我跳上车，在口袋里找到一些零钱——天哪，只有这一次我的零钱恰恰好！——然后让这慢悠悠的庞然大

1　一种被刻上拥有者姓名或其他文字的手镯。

物摇摇晃晃离开危险。

　　警察时常就是敌人。即使他们并没有攻击我们，他们也不是在保护我们。如果一个同性恋在公共厕所遭人殴打，随后去找警察，警察会笑。"你这是自作自受，小妞。"他们会这样告诉我们。大多数美国人视为理所当然的权利，在警察怀疑你是同性恋那一刻，就变得不可靠了。

　　自然，同性恋聚集在他们感觉安全和舒适的地方。我们有火岛、里斯海滩一号，又有普罗文斯顿、鳕鱼角，但即使在这些地方，也还是可能有麻烦。

　　在遭到社会如此激烈轻视的时候，你如何能够摆脱自我憎恶的感觉？内在化的同性恋憎恨把我们绝大多数人折磨得苦恼不已。这是第一种对我们的圈子予以沉重打击的重大疾病，它为艾滋病毒和艾滋病铺平了道路。

　　在你不指望获得爱的时候，性就成了单纯的肉体体验。它的快感、它的生理和情绪的高潮以及纯粹的能量释放，提供了一种彻底拒绝的方法，以逃避孤独的禁锢和异性恋世界。那十足的被欲求的体验，如果只是在性方面，也就成了你生命的一项确认。被欲求成了继续活着的一个理由。性接触，无论你怎么定义它，成了深植于这么多同性恋的骨髓和血液中的"存在之孤离"的解毒剂。

　　当社会因为你的性行为而憎恨你时，性就成为一项革命行动，对许多人而言，也是一种表达愤怒的行动。它是一根竖起的中指，是对所有那些鄙视你的人最致命的回击。它证实了差异。它坚决要求生活的权利。它是罗伯特·梅普尔索普拍摄的一系列直率、大胆而强势的摄影作品。它是伴随每一口呼吸而来的不可遏制的力量。

围绕着性有这么多矛盾的情绪，那么滥交在同性恋中间就不但可以预料，而且实际上确实如此。它似乎是我们唯一的权利。对我们许多人来说，包括我自己，混乱的性活动成了生活的一种方式。到 1960 年代，公共浴室开始流行起来。但是在公共浴室之前，做同性恋——对我们大多数而言——意味着巡游酒吧、性俱乐部和其他可以遇见同性恋男人的地方，他们大多是来寻求匿名性行为的。

这一切都是秘密发生的，至少是藏匿于更大的异性恋世界之外。我们是一个分离的社区，一个地下群体，不幸的是它正在腐烂，流溢着愤怒和深沉的不公正感，以及获得性的永久自我否定。自然，这些状况最终成为一场致命流行病的成因。但你还能期望别的什么吗？

内在化的同性恋憎恨感染了我认识的大多数男同性恋和女同性恋。并不在于你多富有，多有才华——你永远不能逃脱你生命核心的谴责。你是同性恋，这就意味着你不配得到接受和爱——特别是你自己的。

* * *

一天晚上，我顺道去上东区一处大公寓看看那里举办的聚会。我走进客厅的时候，看见密密一圈男人，都在张望着房间中间什么东西。这些男人笑着，做着狂野的姿势，只要圈子里有什么事发生，他们都欢呼起来。

当我终于挤进人群，我看到演员洛克·赫德森[1]四肢伸展地躺卧在地板上，赤裸着，失去了知觉。哇，洛克·赫德森——好莱坞的王族啊。而他就在这里，躺在硬木地板上，接受着特别丑陋的一群人的枕边话。他的美好容貌被酒精和毒品扭曲了。他成了受伤害的化身。他的嘴唇微微张开着，头发是湿的，扯到了一边。他仰面躺着，完全暴露着，任由他人摸索和进行其他性活动。五六个家伙排着队，轮番爬到这位英俊的演员身上，为所欲为。这一切发生时，围观者发出一阵阵欢呼和口哨声。赫德森被降格成了一块肉，成了人们需要自我膨胀的时候，可以在餐会上利用和吹嘘的东西。这些事情我不能看太久，于是很快转身走了。让我不安的并不是性——而是对一个人这种下流的非人化，而这个人一度以为，他可以安全地不受侵害。

放纵是这个时代的主旋律。但它也是活着的一种必要方式，尤其当你是同性恋的时候。最好是依赖化学作用活着，我们常这么说。毒品和烈酒使我们更容易承受隐藏身份和在身份上撒谎。这么说来，我们没有一个人与洛克·赫德森有什么两样，他是 1950 年代到 1970 年代的典型男同性恋。赫德森在大尺度上实践了同性恋谎言，白天他是人们喜爱的演员、大受女性欢迎的男人，到了晚上他是个隐藏起来的同性恋、一个充满恐惧的人。跟我们其他人一样，他需要一切弄得到手的毒品和烈酒，好让自己逃避身体里正在激烈开战的两个无法调和的身份。最终，他死于那种同性恋疾病——我称之为自我否定，但是别的人叫它艾滋病。

1　Rock Hudson（1925—1985），美国电影、电视演员，因艾滋病亡故。

我曾幻想着同性恋与黑人有些共同的地方；我们都相信——而这想法是正确的——我们绝大多数的问题都源自社会对我们的恐惧和厌憎。那便是我如何解读我自己的许多烦扰的——至少，那些我并未归罪于我疯狂的父母和扭曲的童年的烦扰。的确，那就是我如何开始理解那条自我毁灭的螺旋线路的，它将要杀死我曾见过的两位最伟大的艺术家——田纳西·威廉斯 [1] 和杜鲁门·卡波特 [2]。

我搬进曼哈顿中城时，很快发现我与田纳西住在同一幢大楼里，他是美国著名的戏剧家，是这些经典作品的作者：《欲望号街车》《玻璃动物园》（The Glass Menagerie）和《热铁皮屋顶上的猫》（Cat on a Hot Tin Roof）。不久，我认识了他，我们两人在公寓楼的游泳池边一待就是几个小时，彼此安慰。田纳西酒喝得很凶，又沉溺于毒品，尤其是在他失去了相处很久的情人弗兰克·默洛之后，弗兰克死于 1960 年代早期。但即使在迷醉的状态下，田纳西也是一位极其健谈的人，我特别喜欢听他说话。一天，在第三大道，我遇见他和杜鲁门·卡波特走在一起。我是卡波特的大崇拜者——绝对喜欢他的写作，也喜欢他独特的个性。卡波特已经出版了《冷血》（In Cold Blood），成了国际名人。而且他立刻就让人着迷——非常诙谐而能激人兴趣。

田纳西给我们做了介绍，杜鲁门说："我总是喜欢高个子好看的年轻人。你结婚了吗？"

"没有。"我笑着告诉他。

1　Tennessee Williams（1911—1983），美国戏剧家，与尤金·奥尼尔和阿瑟·米勒并称美国 20 世纪戏剧三巨头。
2　Truman Capote（1924—1984），美国作家，代表作有《蒂凡尼的早餐》《冷血》。

"哦，天哪，我已经遇不到很多处男了。"他说，咯咯地笑起来。我很快发现，他总是咯咯笑。杜鲁门是可乐广告上的翠迪鸟。他是肮脏老男人与小男孩身体里可爱天使的那种罕见组合。我立刻被打动了。

　　田纳西建议我们躲到附近一家酒吧里聊一会儿。我们喝酒，讨论戏剧、书以及我的处男现状。与两位文学巨人豪饮，我激动得发抖。我没有透露我曾是一个肥胖而丑陋、来自本森赫斯特的犹太法典学校毕业生。事实上，这个话题完全没有被提起过。

　　几个星期以后，田纳西和杜鲁门敲响了我公寓的门。我把他们让进来，立刻意识到这两位恍恍惚惚的，像是用了什么——也许用什么都这样吧。他们都头晕眼花，神志迷糊。田纳西给了我一颗药丸吃——"来，吃一颗，早上不要叫我。"他含糊不清地说。很快，我们都感觉不到任何痛苦了。我曾告诉过他们我癖好皮革和虐恋，杜鲁门就想看看我穿上整套警察行头的样子。"我要看手铐，"他不停地以他那儿童似的、独特的高频声调哀求道，"给我看看手铐！"

　　我穿上了我的警察套装，给他们模仿警察的样子。

　　"你在流口水了，杜，"田纳西说，"也许今天你把一个警察吸泄了，你就不那么抑郁了。"说着，他把杜鲁门朝我面前推。

　　杜鲁门跪在我的膝盖前，拉开我的裤子，照吩咐做了。然后他很快瘫倒在地板上，昏过去了。过不了多久，我们三个人都在地板上睡着了。我们醒来时，都喝了百事可乐，他们则用来下又一轮药丸。我恳求免了，知道现在是叫停的时候了，但是田纳西和杜鲁门用连续不断的毒品流逃避各自的抑郁。

几个星期后，我看见田纳西在游泳池边，就在他身边坐下。他看起来很沮丧，于是我问他出了什么事。

"我在写一出戏，总也写不好。真可恨。我敢肯定批评家会弄得我狼狈不堪的。我翻来覆去写了好多遍了。来一杯？"他递给我一只装满咖啡和白兰地的热水瓶。

"杜还好吗？"我问，"那天晚上他几乎走不出我的公寓了。"

"你在说什么呢？"田纳西问道，"杜为什么在你的公寓里？"在下面的谈话中，我渐渐明白，他已经半点也记不起来就在几个星期前发生的事了。我再也没有见过杜鲁门·卡波特，而这之后不久，田纳西也搬了家。很多年以后，我又在芝加哥的古德曼剧院看到他，那里正在上演他的倒数第二部剧作《一幢不打算站立的房子》（*A House Not Meant to Stand*）。他似乎喝醉了，很孤独，而且沮丧。他看起来像一只很大的水果，在内部开始坍塌了。我觉得这之后他不会活多久了，而他也确实没活多久。

那个时候，这两位作家生活中的很多细节我都不知道——这些细节今天广为人知，感谢无数的传记和电影。不过，对我来说，撕裂我自己生活的许多疾病也同样在折磨田纳西和杜鲁门。身为同性恋，意味着在你的存在的最深区域，在你确认是你最柔软、最真实的自我的某个本质所在，你是一个罪犯，天生就有罪。

在这段历史时期，多数同性恋，无论多有才华，都过着悲惨的生活。虽然也许有跟身为同性恋无关的很多原因，但大多数人无法找到长久的爱情而得到康复或救赎。那些替代方法——滥交、自我厌憎、酒精和毒品——虽然可以给你短暂的逃避，却常常导致毁灭，正如它们毁灭田纳西·威廉斯和杜鲁门·卡波特。

然而，并非每个人都是滥交或愤怒的。事实上，很多男同性恋和女同性恋都维持着一种长期的、充满爱而且专一的关系。许多人能够克服同性恋厌憎并找到爱——爱自己也爱另一个人。但即使这类关系，虽然通常是美丽的，也不得不保持隐秘。而一旦伴侣中的一个病了或死了，那未亡的爱人没有任何法律权利，也得不到任何保险利益。爱，如果在两个同性恋之间，是绝不会被看作纯洁的。

我们遭受憎恶，是因为我们在性方面为一个同性的人吸引。我们的生活被看作没有价值，甚至充满威胁。而我们太多的人——包括我自己——接受了这样的判决，我们不知怎的成了亚人类，因此不配在这世上得到完整的公民权。

到 1969 年 6 月的那个星期五晚上为止，情况一直是这样的。

* * *

起初，那不过是石墙酒馆又一个聚会的夜晚而已。人们玩得很愉快，直到下半夜 1 点 20 分，这时一个酒保跳上吧台，叫喊起来："嘿，警察来了！快，每个人抓个女孩跳舞。不要同性跳舞，不要同性跳舞！"说着，那几个酒保抓起他们的收银箱，从后门逃出了酒吧。

我记得先听到房间什么地方一个啤酒瓶砸碎在地板上。随后，从慢慢变得激愤的混乱内部，有人呼喊道："不要让那些猪再来骚扰我们！不要让他们进酒吧！他妈的，嘿，今天晚上我们要反抗！"

我惊呆了。这可从来没有发生过。我们习惯了搜捕——我们懂得这个演习，其中从来不包括反抗。现在，突然间，空气中有了革命的味道。房间里充满了狂热和激怒，而我的愤怒也点燃了。我和另外两个人分别朝两扇前门跑去，我们把沉重的金属条抛掷过去，从里面锁上大门。然后我们一群人把自动唱机推到门前，堵住进口。其他人也立刻加入，推桌子拉椅子，往门口堆。这下警察都被关在外头了，他们的警车车灯闪烁着，手提扩音器叫喊着。他们砸门，威胁说不开门就要逮捕我们所有的人。

有人尖叫起来："我们比他们人多！看我们打得他屁尿满地！"又一次留下了深刻印象，我以前从来没听到过这样的话。我们终于要同警察较量了。

愤怒在我身体里翻涌而出——这些年来一直在酝酿和滋长着的极可怕的愤怒。难以置信，我居然听见自己在叫喊："我们冲出去，掀翻他们的鸟车！"

突然，每个人都拼命叫喊起来。我们清除了两扇大门门口的路障，拥上了克里斯托夫街。在那个时候，我们才意识到只有两三辆警车、大概四五个警察在等着我们。

到了外面，我们一群人携起手来，开始呼喊："同性恋力量！同性恋力量！"起初并没有暴力，但这时一个警察抓住了一个"T"（男性化的女同性恋），把她往警车里拖。她勇敢地拒捕，开始大喊："同性恋力量！同性恋力量！"这一下整个翻了天。

人们开始朝警察尖叫。我们散了队伍，一伙人聚集在一辆警车周围，前后摇晃，把它掀了起来。掀翻一辆警车的兴奋让我体验到一种从未体验过的力量。我周围那些人也有同样感觉。我们惊奇于自己的力量，准备好了投入战斗。警察狂乱了。他们在打电话求援，很快更多的警察驾着囚车和警车来了，警灯闪烁，警笛嘶鸣。

暴众从石墙酒馆里拖出椅子，开始朝警察猛投。其他人在扔从酒馆对面的谢里丹公园里捡来的酒瓶、石头和木棍，还有人在抛掷分币。警察在用警棍殴打众人，或者把他们塞进警车和囚车。

好像从天而降似的，谢里丹公园里又冒出来几百人——都是男女同性恋，他们都准备好跟警察一战。我们几个人跳到了汽车前盖和顶棚上，开始有节奏地叫喊，要求市长现在就出来，不然事情会闹得真的很难看。我们已准备接管格林威治村了。

我跳下警车，竭力呼喊："同性恋力量！"骄傲从肚子里升腾起来，进入我的心脏。平生第一次，我为自己是同性恋感到骄傲。我的兄弟姐妹都聚集在我周围。人们肩并肩，手牵手，朝警察大喊大叫，朝他们扔石头、椅子、瓶子和木棒。我们占据了制高点，我们义愤填膺，力量在我们这一边。我们又开始有节奏地叫喊，要求面见市长。"同性恋力量！同性恋力量！"人群高喊着。

更多警察来了。他们跳出警车，开始包围公园。我的一个朋友抓住我，把我拉进一条小巷，远离了混战。我踉踉跄跄地进了那条暗黑的巷子，骚乱的声响慢慢减弱，融进了背景，我突然感到疲倦和惧怕。我的胸口上下起伏。我喘不过气来。我继续快速地逃离战斗，一边回过神来。很快，我意识到自己安全了。我的呼吸急促，胸口砰砰乱跳，可是都在控制之中。欢呼从心中升起，我爆发出笑声和快意。我和我朋友开始顽皮地拍打彼此的肩膀，然后我们挽起手，一起往前走。我身上每一个细胞都充满了骄傲，来自我是什么人、我参与了什么事的骄傲。我是一名自由战士！

那个夜晚，就是后来人们所知的"石墙暴动"，催生了同性恋解放运动。它改变了整个国家和大半个世界。接下来三个晚上，同性恋男男女女继续在石墙酒馆外示威。许多人穿着变装服饰，公然宣示他们的同性恋倾向，但是，与许多后来的记述相反，头一天晚上并没有变装皇后。那天晚上，普通 gay 男和拉拉女只是想着他们自己的事情，只想玩得痛快而已——直到有人告诉他们，他们不能。

随后的几个星期，纽约发生了剧烈的改变。同性恋男女找到了他们自己的声音和力量，他们准备组织起来。同性恋解放阵线、同性恋行动联盟以及最终的人权运动诞生了，而且这些组织立刻着手调查正在发生的警察滥用职权问题，包括对同性恋者本人和他们所经营的店铺。很快，警察的偏见和野蛮被深度曝光了。虽然酒吧向同性恋卖酒精饮料并不违犯法律，警察却定期突袭这么做的酒吧。警察还关闭允许同性接吻、牵手或者穿着异性衣服的酒吧。同性不允许公开地一起跳舞，据警察说，允许同性跳舞的酒吧常常被搜查。这些只是一些不成文但广为接受的规则，使警察得以剥夺同性恋男女的权利，并关闭他们常去的地方。尽管我们都知道这都是真的，当这些信息被公开的时候，我们的感觉还是很不一样。我们很快惊讶于我们怎么会接受这一切如此长时间。我们当时在想什么呢？

全国以至全世界也发生了相似的改变。很快，同性恋解放阵线向州立法机构和国会施压，要求它们在全国范围为同性恋男女提供法律保护。类似的组织如雨后春笋般出现在加拿大、英国、法国、德国、比利时、荷兰、澳大利亚和新西兰。1969 年 6 月 28 日改变了世界——也改变了我。突然之间，我的所有针对我自己的愤怒都集中向外了，为了一个正义的事业。我心里发生了变化。我无法马上弄清楚那是什么变化，但我知道我已不同以往了。我感觉到体内一种新的力量，这种力量将会改变我的生活。

06

金鹅降落在摩纳哥

1969 年 7 月 15 日，刚过中午，我急急冲出汽车旅馆的登记室，到前院的草地上用一些白床单摆出一个大十字。妈妈在一旁惊恐地看着，觉得我随时会开始一场复兴布道会。她两手捧着脸颊，尖叫道："他在我的草地上铺十字架？ Oy gettenu[1]！（哦，天哪！）还用这么好的床单！我的干净床单！"

我望着地平线，等待着，不敢呼吸。天空碧蓝，太阳朗照，兆头很不错。我带到摩纳哥的表演剧团"地光乐手"，正在后面唱歌跳舞，在庆祝他们认为我们所有祈祷即将得到的回应。让妈妈惊骇的是，他们脱掉了所有的衣服，用口红和泥涂抹身体，仿佛沉溺于某种返祖的冲动。对我来说，世界已经停止了；一切都是静止的，尽管周围一片混乱。

1　意第绪语。

来了！他们来了！我对自己说。地平线上出现了一个黑点，一瞬间越变越大。然后，好像是要予以证实，我听到了直升飞机螺旋桨"呼、呼、呼"的轻柔声音。起初，声音非常轻，我几乎不能分辨是飞机呢还是我的心跳。但是现在我可以清楚地看到直升飞机的轮廓，听到它呼唤的声音了。就好像骑兵队来救我了。噢，带钱来，骑兵队，带钱来！

几分钟后，那巨大的银白色飞机就盘旋在我的头顶了，吹得没有系在地上的床单和别的一切四散飞扬。我能感觉到来自它的桨叶的风的冲击，而我母亲的叫喊被这野兽雷鸣般的轰隆声完全淹没了。甚至那些裸体的"地光"演员们也在风里四下散掉。我退开，看着，仿佛在梦里，于是那直升飞机从天空下降，慢慢落在我们登记室的前面。

一扇门滑开了，跳出一个年轻人来，他长着一头长而卷曲的棕色头发。他穿着背心、牛仔裤和人字脱鞋，却没有穿衬衫。

"埃利，是你吗？麦克·兰[1]！很高兴看到你，兄弟。"他笑容满面地说。他伸出手，抓住我的手，说："好久不见了。"

我一阵眩晕，一时间不知道说什么好。

* * *

那天早上，我在本地报纸《时代先驱记录报》（*The Times*

---

1 Michael Lang（1944—），1969 年伍德斯托克音乐与艺术节的创办人之一。麦克（Mike）是迈克尔（Michael）的昵称。

Herald-Record）上读到一篇文章，报道沃尔基尔——往南不过五十英里的一个社区——的乡亲们准备取消计划中的伍德斯托克音乐与艺术节。镇政务会担心音乐会及其赞助者会对本地环境造成危害，所以收回了伍德斯托克的音乐许可证。伍德斯托克制作人迈克尔·兰估计音乐节可能会有五万人来。想象一下五万嬉皮士加上配套的毒品贩子下降到他们漂亮的小镇，沃尔基尔的镇长老们突然惊慌起来。绝对不行，这是官方的裁定。

《时代先驱记录报》报道说，音乐会发起人已经投资了大约两百万美元购买舞台构架、音响器材、给水管道和厕所。看来，可能已经有一百辆卡车和大型拖车带着技术装备和供应物资在前去沃尔基尔的路上了。数百个技术人员正在袖手待命。如果发起人不能在二十四小时内找到一个替代地点，他们将取消整个音乐节。为了拿回他们的投资，几位发起人计划兴讼。

音乐会本身对我并不是新闻——它在本地报纸上闹得满城风雨已经几个月了。而就在这同样长的时间里，我一直在与攻击我的恶魔搏斗，尤其是在夜里，那个时候我有时间深思，原来整个宇宙又一次谋划好了，把我的财政问题的解决办法放在我刚好够不着的地方——噢，比如说，就差五十英里够不着。我极度沮丧，你可以这样说；沮丧到我开始怀疑是不是我的无神论在跟我作对了。也许存在一个上帝，也许他和摩西把我悬挂到火上时，他们在大笑。"把那只大脚兽烤好，摩西。现在我们要把这个面球变成薄面饼。"

但是突然间，似乎一切都有可能改变了。伍德斯托克音乐与艺术节需要一个收容地和一张许可证。我有许可证，我对自己说。而且我可以提供收容地。我的脑子很有创意地舞蹈起来，而这以前是专门留给红磨坊或纽约虐恋俱乐部里富有想象力的性活动与浪漫的夜晚的。机遇在敲响我的汽车旅馆的大门。哦，天哪！我们可以做这件事的东道主！

我本来是跟几个地光剧团的成员一起闲坐在登记室里的，而等我读完报道，随即拿起电话打给迈克尔·兰。

"你认识迈克尔吗？"电话那头一个声音问道。

"不，我不认识他，他也不认识我，"我说，"我是贝瑟尔商业理事会的主席，白湖摩纳哥国际度假中心的产权人。我有一张音乐和艺术节的有效许可证，外加十五英亩土地，伍德斯托克可以拿去。马上就可以，甚至更快。"

线路安静了，一时间我感觉到地光演员们在我身旁战栗。突然，麦克·兰接电话了。

"你到底在他妈哪里，宝贝儿？"他说，"究竟怎么回事？"

"17B 号公路。白湖。从你那儿沿这条公路向北走五十英里左右，就到我这里了。"

"你有他妈的草坪吗？"他问。

"有，我们有一块草坪。很大的草坪。"

"你有一些白床单吗？"

"什么？我们当然有床单了。我们开汽车旅馆。"

"把那些狗娘养的白床单在草坪上铺成十字，宝贝儿，我们十五分钟就到。我在看地图。你那儿有路标吗？一个标志？我们可以从空中分辨的？"

我咕哝了一些摩纳哥的标牌、55号公路交叉口、长舌妇煎饼屋什么的。

"我们马上就去，宝贝儿。"麦克·兰说着，挂了电话。

多年来，我一直在盼望着大事发生，而现在我像一片树叶一样颤抖着。我挂了电话，迎接我的是地光乐手们一片发自内心的欢呼，他们一直在倾听对话的每一个字。如果一个大音乐节要来白湖，那么对一群巡回演出的演员来说，也一定是件好事，他们推论道。现在他们在我周围蹦跳着。"我们知道你办得到，埃利奥特，"其中一人说，"你真行！"

说着，他们跑到前院草坪上，开始跳舞庆祝。随后，为了让麦克·兰感到是真正受欢迎的，他们做了他们能想到的唯一一件事；他们脱掉了衣服，赤条条地四下舞蹈着。他们一边跳舞，一边传递口红和一把把湿泥，在身体上涂绘和平的标志和爱的字眼。

我全不理睬这些混乱，从登记室一个柜子里搬来一些床单，冲上草坪，照吩咐摆成十字形。

当直升飞机在我头上盘旋，把一切吹得七零八落的时候，我突然觉得这种亮相法是专门留给神话英雄的。寻常人是不可能命令一架直升飞机载着他沿纽约州高速公路北上几十英里的。不，荷马本人也想象不出比这更精巧、更适宜的主意来讲这个人了，瞧，他跳出了机身，正朝我走来。

就在麦克身后，走着一位娇小的年轻女人，我很快就会知道，她是兰的助手彭妮。彭妮抱着一只极小的约克夏猎犬，在这一片混乱中，它显得十分安静。彭妮的正后边走来两个特有嬉皮相的男人，他们都不屑于做个自我介绍。三个人都向我走来，而兰远远走在前面，向我张开双手。

寒暄之后，麦克·兰说："你不记得我了吗，埃利？"我怔了一怔，因为只有我的家人叫我那个名字。

"我们认识吗？"我问。

"本森赫斯特！73街，"兰说，"我们一起长大。我就住你家街对面！我们一起玩棍子球。我是麦克·兰，"他又说道，"你是埃利·台克伯格。"

后来有人把麦克·兰描绘成一个宇宙小精灵，差得倒并不远。除了一路垂到肩膀的卷发，他的眼睛又大又圆，亮闪闪的，圆圆的脸颊有两个酒窝，一张大嘴笑起来往上翘，仿佛他总是在乐着。

麦克有一种气质，既顽皮逗乐，同时又极度严肃。从全部外在形象上看，他是嬉皮士。然而，我无法否认他有某种稳重性，就像一个比外表老成的男人。

我忘得干干净净，居然一点都想不起麦克·兰，更别说玩棍子球的事了。越发神秘的是，他是怎么把我告诉他的名字，埃利奥特·台伯，同本森赫斯特的埃利亚胡·台克伯格联系起来的，尤其是我还没有提到过台克伯格或本森赫斯特呢。他是怎么在十五分钟的间隙里做到这一点的？

我们走进了我的酒吧——那些地光乐手仍然在我们周围舞蹈——兰要求看看音乐节许可证。我递给他。上面写道，摩纳哥汽车旅馆的埃利奥特·台伯获得贝瑟尔商业理事会授权，可于1969年在白湖举办一次音乐与艺术节。我告诉他，我是贝瑟尔商业理事会的主席，我将愉快地保证本地商业界通力合作，以确保沃尔基尔那样的灾难不再重演。

"许可证看着不错，"兰说，"我们看看场地吧。"

我们离开酒吧的时候，正好到了三辆加长豪华轿车，带来更多的伍德斯托克人，其中包括斯坦·戈尔茨坦，伍德斯托克保安主任。戈尔茨坦是个严肃的人——高瘦、黑头发、黑皮肤、怀疑的眼光。同我握手时他没有笑。

我陪同兰一行参观那十五英亩湿地，走过我的白湖夏季畜棚剧场、化粪池和十几个一丝不挂的地光乐手，其中一些人在直升飞机周围跳舞。妈妈想要他们遮遮身子，但他们拒绝了她的 shmattas[1]（破旧衣服）。妈妈倒也不急，转而试图租借椅子给过路人坐；他们听见喧闹而停下脚步，过来观看那些疯狂的舞蹈者。"这是他们舞蹈表演的预演。"妈妈对他们说，"亲爱的，你以为他们免费跳给你看啊？"

地湿得一踩就出水。我们开始经过我的那些标牌，这些标牌在汽车旅馆地皮上竖得到处都是。我们走过"杰瑞·刘易斯侧厅"，然后是"总统侧厅，原为红磨坊侧厅"。人们看着这些标志，但什么也没说。

那天莫名其妙地转阴转凉了，可是我却在哗哗淌汗。兰收起了笑容，我觉得这是个不好的兆头。戈尔茨坦看起来也不高兴。

我们走过那些快要倒塌的平房，越来越走进沼泽地深处了。另一个标志出现了："埃尔维斯·普雷斯利的蓝色鹿皮鞋游泳池和淋

1　意第绪语。

浴室。客人专用。外人使用，须将五美元日费交付游泳池服务员索妮亚，否则必进监狱，永世不得出来。"

我不敢看他们的眼睛。毫无疑问，他们在想我是彻底疯了。不过话说回来，他们没有扭头就走。他们很绝望。我很绝望。这是一场强迫婚姻。

"你不是有开阔场所吗？"天使般的兰问道。

"就在前头有一片像草坪的开阔区域。"我解释说，尽力保持乐观。伍德斯托克随行人员跟在我后面，每走一步，他们的表情就越发失望一分。他们一定以为我是个佛罗里达奸商，想要卖水底下的土地。他们有些人开始私下嘟哝起来。甚至那只约克小狗都觉得窘迫。

我们经过了更多的标志，包括"国际文化信息亭"。我们经过了更多的建筑——"好莱坞棕榈广场"，这就是地光乐手们栖身的分租房，那房子眼看就要倒塌了。我们一边走着，我开始相信破败的平房、浸透水的沼泽地、疯狂的标志会毁了这场交易。如果真是这样，我就立刻放把火，把这建筑群整个烧掉，然后以纵火罪坦然地走进监狱。

终于，我们离那个地点只有二十英尺了。我松了口气，我的标牌放纵总算结束了。我没办法向这些陌生人、我希望中的解救者解释，我的标牌疗法是我保存生命的一种方法，这样我才能够等到他们突然出现在天空中的那一天——就像我一直梦想的那样。

我已经好几个月没有走到这个角落了，所以两棵松树之间像吊床一般摇晃的标志——装饰着我从洛德与泰勒百货公司偷来的假棕桐叶——甚至让我也吃了一惊："这里将很快建起：两百层楼的会议中心、赌场、保健美容院和容纳两千层辆汽车的停车场。"

我脆弱的心灵已经暴露在他们每个人面前。我所能做的就是继续往前走，假装那一刻我是隐身的。我想，我们可能花了一百年时间才走到那里，然而终于，我来到一片开阔的沼泽地。我们陷入这黏乎乎的潮湿泥土里的时候，大家都努力站直。这湿土，从各方面来讲，就是摩纳哥汽车旅馆的真实基础。

兰转向戈尔茨坦，对他说："我们不能叫来一打推土机，把这地方垫高吗？他有许可证！他拥有这块地。他是商业理事会主席！"戈尔茨坦立刻否决了这个想法。排干这块地是不可能的。根本没有时间完成。

我在一旁，可以听到随从之间更多的低语，而口气都不好。我看得见眼前一切都在分崩离析。我知道，这是我将汽车旅馆和自己从白湖的永久诅咒中拯救出来的最后机会了。

我慌了，说了一大堆想拉住生意的话，包括用架空吊车吊起一个体育场，然后把整个摩纳哥建筑群用水泥灌注，到音乐会那天应该会干的。当我告诉他们，可以把这整个他妈的地方用核武器彻底抹去，然后在灰烬上开音乐会的时候，也许我的脑子都有点不大正常了。

这时，我突然灵光一现。马克斯·雅斯各的农场怎么样？

"嘿，麦克，我有个邻居，他有很多空地。他有个大农场。几百英亩地。"

"哪里？谁？"他问。

"顺路走就是，"我告诉他，"他给我送牛奶和奶酪。他的名字叫马克斯·雅斯各。他的白软干酪和牛奶是郡里最好的。他很胖。也许会租给你他的农场。那里只是有许多吃草的奶牛。有很多空间开音乐会。实际上，有些地方还是斜坡，可以做天然的露天剧场。我给他打电话。"

我们都往回走，去我的迪厅酒吧，好让我打个电话。兰和戈尔茨坦都很冷静，我也尽力显得镇定，但是突然我抛掉了所有伪装，以夺金牌的冲刺穿过沼泽地，经过我的赤条条的剧团演员，经过化粪池，直奔我们唯一可用的电话。

电话一接通，我就提醒马克斯他多么喜欢我的音乐节，帮了我多少忙。"如果我们能在你的农场办场音乐节，马克斯，那我就不用把摩纳哥交还银行，我的父母也不会沦落到去迈阿密海滩什么地方接脏衣服回来洗了。我甚至可以把我的牛奶、酸奶订货加到三倍。马克斯？告诉我你愿意帮忙。"

"当然，埃利奥特，"马克斯说，"这里八月真是安静。你了解我的，我热爱音乐。跟你的朋友一起过来，我们谈谈。"

我上了我的别克，麦克·兰和他的随从进了他们的加长豪华汽车，跟着我去马克斯的农场。我们开着车，天空又变蓝了。

麦克·兰、戈尔茨坦和所有随行人员第一眼看到马克斯·雅斯各那片广阔的农场，那起伏的山丘和天然的剧场，立刻就着迷得发狂。这地方只应天上有，是办音乐会的绝美之地，这点毫无疑问。

我把麦克和戈尔茨坦领进了马克斯·雅斯各在农场旁边的小店，给他们做了介绍。

"马克斯，这几位朋友需要那块地办一场三天的音乐会，"我说，"我们需要明天就开始，音乐节定在 8 月 15 日、16 日、17 日三天，时间很紧，要做的事情太多。行吗？"

马克斯四十九岁，但他显老。他的脑袋是卵圆形的，顶上几乎没什么头发，戴着一副宽黑边的厚眼镜。他眼睛很小，长着一只吉米·杜兰特[1]的鼻子，一张大嘴，耳朵有一点点招风。几十年的农场日晒让他的皮肤成了棕红色。不过，繁重的劳作使他的身体很强壮。他身上散发的是智慧和善良。事实上，马克斯是个受尊敬的人，一个 mensch[2]（好人），这是显而易见的。但是他也不会受任何人欺骗。

"想想看，马克斯，你可以给一万音乐爱好者独家供应牛奶、奶酪和酸奶！"我说。马克斯点头表示同意，笑了，不知是在笑我努力影响他的拼命劲儿，还是想到了就要大大发一笔意外之财。这时，我转头看着兰，他的笑容变成了纯粹的阳光。我融化了。如果我不来一份巧克力蛋蜜乳或者巧克力牛奶——雅斯各的巧克力牛奶，我的腿就没法支持我的体重了。但是我不动声色。我看起来很酷。我显得新潮。好吧，那我就不显得新潮吧。兰的棕色卷发像个巨大的拖把，谁看都够得上新潮了吧。

我们决定去德利奥的意大利餐馆吃中饭，一边讨论细节，餐馆就在湖边，隔条公路正对着摩纳哥。我还不至于那么笨，拿关张甩卖的纸盘子给他们上妈妈的炖汤。我觉得现在去炫耀汽车旅馆的设施和服务，也还不是时候。

1　Jimmy Durante（1893—1980），美国歌手、钢琴家、喜剧演员、电影演员。他的大鼻子特别有名。
2　意第绪语。

去餐馆的路上，我在考虑万一交易不成，我还有什么选择。第一要做的就是一把火烧了旅馆——那一步是已知的了。然后我就逃往墨西哥，或者去曼谷做性奴隶，或者到撒哈拉沙丘上的贝多因人[1]中间开始新的生活。我还决定把我的成年礼 tallis 和 tefillin[2]——祈祷围巾和皮制经文护符匣——用于各式各样的性活动，至于哪些性活动再说，以此来惩罚上帝和整个犹太民族。我向我并不信仰的上帝祈祷：行行好，现在别抛弃我。跟随在那个祷告之后的，是我威胁要加以更大的冒渎，看我能临时想到什么了。

我们进了餐馆，找到桌子坐下来时，马克斯滔滔不绝地夸赞我对白湖的贡献，包括音乐节、艺术展、戏剧表演和古典音乐选段的演出。这最后一项贡献总是由我的 Webcor 录音机提供的，代替了真正懂得演奏乐器的乐手——这个事实马克斯忽略不提了，他是个绅士。

"有埃利奥特在这里帮忙，你们真是幸运，"马克斯说，"白湖这儿不管有什么音乐和艺术活动，都是他一个人操办的。他是个好小伙。他母亲是位善良的女士。他父亲帮我修了牲口棚屋顶，再也没有漏过。"

马克斯一路说着，兰只是微笑。他看起来绝对诚恳。他没有催促，没有急着要马克斯说出一个具体数字。相反，他很轻松、冷静、机灵——甚至，我敢说，恭顺。

终于，马克斯到达了谈话的尾声，该谈钱的事了。

1　西亚和北非沙漠地带的游牧民族。
2　犹太教服饰和用具。

"埃利奥特，我知道你和你一家为了维持生活，工作多么努力，"马克斯说，然后停了一会，思考着，"三天，每天五十美元，怎么样？"

他怎么会想出这么个数字？我惊讶不已。也许他看麦克没有穿衬衣和皮鞋，就认定这家伙一文不名吧。而且，自然，麦克是跟我一起来的，这就一点也没有提升他的形象。正如马克斯所说，我们的财运吊在一根非常细的线上。所以，除了以为我这次又是求他好心帮忙，马克斯还能指望什么呢？

"没问题，马克斯。"麦克说，灿烂的笑总是在他脸上，"我们可以接受。"说着，马克斯和麦克握手——而我惊得几乎晕死过去。台克伯格诅咒并没有搅黄这笔交易，尽管我们都吃着不合饮食教规的食物。可是，我们还没走出餐馆呢。

我们付了帐，经过门前的收银台时，听到收音机宣布在白湖的新闻。

"刚刚收到的消息，"收音机里的声音说，"伍德斯托克音乐节的制作人麦克·兰，正在白湖的德利奥餐厅与摩纳哥汽车旅馆的埃利奥特·台伯和雅斯各乳牛场的马克斯·雅斯各会晤。他们正在讨论将伍德斯托克音乐节移至白湖的计划安排。"

我们三人彼此看了一眼。马克斯笑了。麦克笑了。我试着笑笑，但与此同时，我想跑回餐桌，收回我们留给女招待的小费，显然是她泄漏消息的。现在，我真的很害怕马克斯会退出交易了。

马克斯上了卡车，开走了，但是他一走，我就向麦克保证如果马克斯退出，我们还有其他农场可以提供场地。

"不用担心，"麦克说，"那农场很不错。"

我们一回到摩纳哥，电话就响了。我听到电话那头马克斯的声音时，心就因为担心而狂跳起来。马克斯说他打了一些电话，知道将有一万五千到两万人参加这次音乐节。他向我保证，他很高兴为音乐节做东，但是现在他要五千美元一天了。

"一万五千人在我的农场踩来踩去，我需要花钱修复，埃利奥特，"马克斯说，"不用担心，埃利奥特。我不会搅黄你的音乐会的。相信我。"

这不是信任的问题。我很喜欢马克斯，但是他不知道我们俩在并肩对抗台克伯格诅咒，这诅咒正拼命要毁掉整个计划呢。

我向麦克转达了马克斯的新要求。他仍然笑着。

"那还可以，酷，"麦克说，"我能接受。我得跟一些人讲讲，但是会通过的。"他说。

第二天早上，台克伯格诅咒天一亮就起来了。本地电台和报纸报道说五万张音乐节门票已经售出。人们正在推测它可能会对社区造成多大的损害，如果那么多人前来参加一次摇滚音乐会的话。

就在这时，马克斯给我打电话，又一次提高了他的价码，这次是三天总共五万美元。他还要求一些附加费，比如清理保证金、健康和医疗设施和保险什么的。在 1969 年，五万美元大约相当于现在的五十万美元。

我又是担忧又是悲伤，几乎昏倒在地，显然一切都完了。台克伯格诅咒把我推到了极限边缘，现在就要驱使我过线了。当我把马克斯的最新要价转呈麦克·兰时，麦克说："行，行，行。为什么这么担心？别这样，宝贝。不管什么数目，都没问题。我们处理得了。"

而他确实能处理。那天，我在恐惧和敬畏之中，看麦克和马克斯达成最后协议并签署一封文告，声明伍德斯托克音乐与艺术节将在马克斯·雅斯各的农场举行。我从来没有见过像麦克·兰这样的大手笔。在我入职的行销行业里，梅西百货和布鲁明黛尔百货那些穿着漂亮套装捣鼓着巨大数目的大个子家伙，在麦克·兰的亮粉色的氖灯旁边竟显得如此苍白。他了解那些数目，知道应该答应的要求和不能做出的让步。从头到尾，他从来没显得不耐烦、受了逼迫或者别的什么，他总是很冷静。马克斯和麦克握手时，我真想亲吻他们两个——自然是出于感激，但也因为免除焦虑后的彻底放松。

那天晚上，报纸、电台和电视新闻节目都播报了消息。这是正式的：伍德斯托克音乐与艺术节将从沃尔基尔转移至贝瑟尔。演出将照旧进行，而台克伯格诅咒被解除了。

07

世界已是全新

第二天早上，7月16日，我开车去贝瑟尔的纽曼杂货店享用菜单上我最喜欢的东西：鸡蛋色拉和吐司面包夹熏肉。昨天发生的事情还让我晕乎乎的，我点了三明治，拿起一份本地报纸，根本没有留意我周围的环境——直到我意识到那儿每个人都瞪着我，很多人脸上还露出震惊的表情。

我的眼光从餐馆里人们的脸上移到报纸，一幅整版广告说："为了保证三天的和平与音乐，我们已离开沃尔基尔，现在到了纽约白湖。"广告接下来解释了因为政治争论，音乐节被迫转移到了白湖，不过新址提供了两倍的空间，这意味着可以有更多的人参加音乐节会。广告最后说："8月15日、16日、17日白湖再见，观看第一场宝瓶座展示。"——那是音乐节原先的名字。

报纸在我手中颤抖。我抬头看看人群，就像给了他信号似的，一个愤怒的男人开始朝我喊叫："你干的好事，台克伯格！谁要他妈的这些吸毒的性变态！你等着瞧。你不用担心，你那狗日的汽车旅馆已经没多少日子了。"

一下子，餐馆沸腾了。诅咒、威胁和着狂野的愤怒向我激射而来。而同时，一股较小的声音也起来为我辩护。也许有一点受惊了，我低头继续看报纸，对爆发的骚动不理不睬，同时意识到我刚刚烤好了一生中最大的苹果派，而此外的一切——包括这歇斯底里的乌合之众——不过是希腊戏剧中的合唱队而已。

意识到这一点，我突然体验到一种类似涅槃的感觉。我没有一丝恐惧，付了三明治的价钱，出了餐馆，朝别克车走去，一群诽谤者和支持者围绕着我，就像飓风绕着风眼一样。有人悲叹哀号，威胁要取我性命。"你这个犹太杂种。你以为我们会袖手旁观，由你毁掉这个镇子吗？我们不等这事发生，就先把你赶出去，还有那些肮脏的嬉皮跟你一起赶走。"

然而，并不是每个人都视我为恶魔。埃丝特·米勒，一位七十多岁的女人——也许九十多岁了吧，我实在看不出来——在我走近汽车时，走在我旁边。埃丝特一头白发，满脸皱纹，她在广场边拥有一家老旧、破落的旅馆，有三十个房间，可是每个度假季只有几间租得出去。这时她抓着我的手臂，拥抱我。"到今天早上，埃利奥特，我的旅馆全订满了。谢谢你。你做成的。"说着，她转身对人群大喊道，"毁掉这个镇子？埃利奥特刚刚挽救了我们，你们这些傻瓜！"

阿尔·希克斯，本地一家杂货店主，同我握手。"这是五十年

118

来这里发生的第一件好事。"阿尔说。

不过，说好话的人对我的诽谤者没有多大影响。

"你知道五万嬉皮士会对这个小镇干出什么来吗？"一个男人叫道，"他们会荡平它的。他们吸毒吸嗨了，就会白天抢劫我们，晚上强奸牲畜。"

我打开了别克的车门，滑进驾驶座，暴民在我脑后尖叫。他们捶打着汽车车窗。很多人不停地重复："我们要收拾你和你疯狂的父母。听见了吗，台克伯格？你听见了吗？"

这个问题问得好。我一边小心地记录着这些事件，一边享受着幻想。终于，十几年来的希望就要实现了。我一直居住在一个旅游小镇，这里没有旅游者，也没有任何可以吸引他们的地方。贝瑟尔唯一的名声来源于它作为黑手党埋葬场的历史。回到1920年代，黑手党头子们杀掉皇后区和布鲁克林区的前同伙，沿纽约州高速公路开车两个小时，把尸体扔进白湖，在这里永远不会被人发现。这是活人与死人一同归于消失的地方。如今这个小镇将因为世界上最大的聚会而重获新生。

但是我也模糊地意识到，给麦克·兰打电话，把音乐会真正带到白湖来，有一点超出我的正常性格范围。突然之间，我已经采取了比我所习惯的更高的姿态。是的，我办过我的小音乐节，但是它们不为人知——远远不能引人注意，几乎是看不见的。干大事的人——比如，马克·罗斯科、田纳西·威廉斯和杜鲁门·卡波特——生活在另一宇宙。我跟他们是不能比的。是什么变了呢？我颇为惊奇。是石墙吗？是在一个新的、更深的水平，在我的愤怒和勇气被触及的深度，我出柜的吗？很清楚，这些日子我没有隐藏得那么厉害了。也许，那件事对我的影响比我意识到的更大。

当然，我的疑惑从来没有远离过我有知觉的头脑。我开车回汽车旅馆时，沉醉消散了一些，而杂货店事件的凶暴开始深深打入心坎。也许人们是对的。也许这事会弄得非常丑陋。白湖以前从来没来过五万人之众。那么多人，一定会有麻烦的。如果人群蜂拥惊窜，会发生什么呢？

幸运的是，我没有时间惊慌。我把别克开上私人车道的时候，我意识到我们已经没有回头之路了。停车场停满了汽车、加长豪华车和货柜拖车——我进停车场时，还有更多的车辆正在进去。麦克·兰已唤起了他的军队，现在正全力开来。单是停在我的停车场里的汽车和卡车就足以令人兴奋，却又有一点吓人。停车场从来没有停满过，而现在它却满满当当，一个新发现像一大包水泥似的砸中我：这东西有自己的生命，它实在太强大了，我远远无法控制。

随后我看到了纯粹的勇气与快乐的景象。在停车场中央，在所有混乱之中，老爸站在那里，像一位无惧的斗牛士，指挥着流动的车辆去往这房产的各个角落。他的房顶工的大手先是指向这个方向，然后指向另一方向。他在四下调动着尖叫的卡车和花俏的汽车，仿佛它们是他的雇员。穿着他习惯的永久染污了沥青的工装裤，以及一件短袖衬衫而露出他强健的手臂，他是典型的蓝领工人突然当上了国王。我看得出他颇为得意洋洋。一生受挫和失败之后，他准备参加这场盛大舞会了，前面还会有什么麻烦，已经无关紧要。这也是他兴奋吆喝的时候——也许是他一生最后一次了，我想，考虑到他糟糕的健康状况。而他有胆气像个男人那样接受它。

在我们的小登记室里，妈妈在接听电话，沉着泰然有如一个沮丧的演员终于走到了她的聚光灯下。要求订房的电话现在是接连不断。妈妈填写了许多登记表，而这以前是从来不用的。同时，她以熟悉得不能再熟悉的方式即兴提问。

"亲爱的，我们不接受信用卡。……我们不预定有空调的房间。……有的房间有自来水，有的没有。……听着，亲爱的，这不是细谈的时候。……你来，我们给你找个地方，呃？……不，不要寄支票。就寄现金。多少吗？寄两百块，我们把事情搞定。"

她才放下电话，电话又响起来。我拿起听筒，挂掉让对方待机，然后把电话递给麦克·兰。"挂掉任何干扰你那高空杂耍行动的来电，麦克。"我告诉他。

兰打了几个电话，几个小时之后，电话公司派了一小队卡车和技术人员来到各处现场，安装兰和他的人需要的一排排电话。他们还在房产里设置了付费电话和电话亭，这是三年来我一直想要他们做的，但总不成功。

登记室外，大概一百个伍德斯托克工作人员、技术人员、食物管理人和垃圾管理人已经开始在我们的房产里寻找住处了。更多的人就要到来。

有史以来第一次，摩纳哥被预订一空。妈妈站在前台收钱、分发钥匙，尽管没有一把钥匙跟锁匹配。"你试试看，亲爱的，"她对人们说，"可能打得开，可能不行。谁知道呢。"说着，她挥挥手让他们出去了。

"预订一空"是我们新的永久状态了。

同时，直升飞机继续来来去去。我不再使用床单了——它们现在太金贵了——而是用刷了石灰水的石头和纸板建了一个着陆地点。很快，一长队加长豪华车、保时捷、科尔维特和摩托车——都载着伍德斯托克职员——开始隆隆开进城里。自从 1920 年代私酒贩子和黑手党头目定期光顾镇上以来，白湖就再也没有见到过这么多华美的汽车了。

* * *

那天晚些时候，麦克·兰请我到迪厅去，和他一起坐下来讨论伍德斯托克人员的住宿问题。我到迪厅的时候，兰已经在那里了，与音乐会安全主任戈尔茨坦一起坐在一张长桌子边，在座的还有两个我不认识的人，以及兰的几个助手。

麦克做了介绍。"埃利奥特，这是我的合伙人，约翰·罗伯茨和乔尔·罗森曼 [1]。"两人都同我握手。

约翰·罗伯茨当时二十六岁，长得轮廓鲜明，笑容灿烂，深棕色的头发，看着像大学预科生的样子。他有点自我意识，显得很谨慎。他看起来不像以前当过嬉皮士，而且显然现在不是。虽说是年轻人，他却比较成熟，又有点疏淡。我在报纸上读过有关他的事，知道他是音乐会背后的金主。罗伯茨继承了一家杂货店和牙膏制造产业，

1　John Roberts（1945—2001）和 Joel Rosenman（1942—），都是 1969 年伍德斯托克音乐与艺术节的创办人。

他从宾夕法尼亚大学毕业，曾在军队服役做过中尉。

然而，乔尔·罗森曼第一眼就能给你留下深刻印象。他有一头黑发、一双黑眼睛、一只大鼻子、可掬的笑容，一嘴大胡子让我不免想起墨西哥盗贼来。跟罗伯茨一样，罗森曼上的也是常春藤大学，毕业于耶鲁。他在长岛长大，是一位有名的正畸牙医的儿子。还是孩子时，他就学会了弹吉他，从耶鲁毕业后，曾随一个摇滚乐队周游全国。在这个过程中，他摆脱了预科生的形象，一变而为颓废派吉他手模样，但是对我来说，他看起来还是像权力和金钱。

"我在报纸上读到过你们，"我说，"那么这就是你们最终弄出来的情景喜剧？"桌上每个人都笑了，气氛放松了一点。

罗伯茨和罗森曼1966年秋在高尔夫球场相识，一年后，他们在曼哈顿合租一套公寓。他们都没有想好这一生想干点什么，但是罗伯茨可以为任何听来很好的主意提供资金。到1968年，他们决定制作一套情景喜剧，讲罗森曼所谓两个"有钱没头脑"的男人的故事。这两个人物每星期做一次新的商业冒险，把事情搞得一团糟，然后到最后一分钟才从他们自身的无能中获得解救。这个节目我本来也肯定能参与的，即使不是去做主角。

为了给他们的节目寻找点子，他们在《华尔街日报》和《纽约时报》登广告，那是一份很不寻常的广告："拥有无限资本的年轻人寻求有趣、合法的投资机会和商业建议。"他们收到了几千份回信，包括生产可生物降解的高尔夫球的计划。

"显然，节目有一些自传的基础，"罗森曼说，"我们或多或少变成自己节目中的人物了。"

接近罗伯茨和罗森曼的人中间，有两位是阿蒂·科恩菲尔德[1]和麦克·兰。科恩菲尔德当时二十五岁，是国会唱片[2]的副总裁——他得到这份音乐家的工作时才二十一岁，使他成为国会唱片历史上最年轻的副总裁。他以在办公室抽麻醉品和写了三十首热门流行歌曲出名，这些歌曲包括为简与迪安二人组[3]写的《死亡弯道》（Dead Man's Curve），以及1964年克里斯皮安·圣彼得斯[4]的第一热门歌曲《彩衣吹笛人》（The Pied Piper）。作为唱片界的大佬，科恩菲尔德与大多数成功的摇滚乐队有联系。

麦克·兰十几岁时就逃出了布鲁克林，到佛罗里达开了家销售吸毒者用品的小店。后来，他举办了有史以来最大的摇滚音乐会，两天的活动被称作迈阿密通俗音乐节，吸引了四万人参加。除了做组织者的工作，兰还管理着一个叫做"火车"（Train）的摇滚乐队，为这个乐队他还想寻找一单出唱片的生意。他瞄准科恩菲尔德这个执行人，准备向他推销他的乐队。

有趣的是，麦克对还不认识的科恩菲尔德所使用的接近方法，与他用在我身上的毫无二致。科恩菲尔德在本森赫斯特长大，跟麦克和我一样，于是当麦克寻求与他约见时，他让科恩菲尔德的秘书告诉她的老板，说兰是"街坊邻居"。这两个人碰头，立刻就一见如故。很少有人能够抵挡麦克·兰天使般的魅力，于是没过多久他就跟科恩菲尔德及妻子琳达一起住在他们的纽约城公寓里了。

---

1 Artie Kornfeld（1942—），1969年伍德斯托克音乐与艺术节创办人之一。
2 Capitol Record，美国唱片公司。
3 Jan & Dean，美国双人摇滚组合。
4 Crispian St. Peters（1939—2010），英国流行歌手。

正如兰和科恩菲尔德的解释，两人有一个想法，要在纽约州伍德斯托克镇开办一次巨大的摇滚音乐会和文化盛典。他们选择伍德斯托克镇，是因为不少著名音乐人——包括鲍勃·迪伦、吉米·亨德里克斯、乐队合唱团[1]、贾尼斯·乔普林以及范·莫里森[2]——已经搬到这一地区，作为"回归田野"运动的一部分。兰和科恩菲尔德想创建一个最先进的艺术工作室，可以给伍德斯托克地区的这些及其他艺术家录音。

两人见到了罗伯茨和罗森曼。罗伯兹和罗森曼后来说，音乐会是他们的主意，而不是兰和科恩菲尔德想出来的。据罗伯茨说，兰和科恩菲尔德想建一个录音棚，经费由募款餐会支持。是罗伯茨和罗森曼想到这个音乐会点子并且开始行动的。不管真相如何，总之这四个人联起手来，创立了一家公司，名字就叫伍德斯托克风险有限公司。

兰想把音乐会叫做"水瓶座展示"，但最终还是把公司名字给了这个节会。这样，音乐节被命名为伍德斯托克，造成了长期以来关于音乐会到底在哪里举办的混淆。

这些小伙子走过了一段崎岖的路。沃尔基尔的市镇官员在意识到五万人可能会对他们的小村落干些什么时，砍掉了这笔买卖。而且，他们也不喜欢主办者提出的口号——"和平与音乐的三天"——他们相信会引来反战示威。伍德斯托克四人组担心一切都泡了汤。无疑，附近其他城镇和村庄也会以同样理由阻止任何安排音乐会上

1　The Band，加拿大－美国摇滚乐队。
2　Van Morrison（1945—），北爱尔兰唱作人。

演的努力。就在这个时候，我进场了，给了音乐会一个家。

现在，四位火枪手有三位坐在我面前。我猜想，罗伯兹和罗森曼想见见我，是要保证他们的庞大登陆队伍有一个友好的立足点。到现在为止，彼此的感应还不错。

妈妈给我们端来了几碗安息日炖菜，以犹太母亲的身份逗乐一番，解释说不到每个人都吃得饱饱的，犹太母亲简直就无法休息。这一小群人都笑了，说她好可爱，弄得我只想吐出来。然后他们开始喝汤。"哇，像是绝妙的素食。"一个助手说。我差一丁点就要解释他们在吃什么，但是我咽下去了。反正很可能不用多久，他们就会自己分辨出是什么了。

"埃利，你期望从这一切得到些什么？"麦克问。

"麦克，你的问题问得绝好，"我说，"我想跳出这一切！如果你能租我的房间，我就能付清账单，音乐节以后就溜到人所不知的地方逍遥去。"

"就这些？"他笑着问，"那就是你想要的？你不要拦住我们要个大数目了？"

我不知道说什么，所以缄口不语。

"你有房间，我们需要房间，"兰继续道，"你的租金多少？你有多少房间？你可以住多少人？"

"如果你用上每一平方英寸的空间——并不都是合法的房间，你明白的——我们可以容纳二百五十到三百人。当然，如果你需要更多，整个白湖都是空的。其实，整个沙利文郡都是空的。当然，像格罗辛格和康科德那样的大佬除外。"

"干吗不算算，这一季余下的时间租你所有的房间，你要的总数是多少？"

我拿出铅笔和纸，做了些粗略的计算。我们的房租是一个房间每晚八美元，那个时候在卡茨基尔是便宜房间的标准价。我把房间、平房和浴帘分隔的空间的房租都加在一起。然后把总数乘以到劳动节周末的总天数。在把这张纸递给麦克·兰之前，我看了看数目，在我看来这是笔巨款，相对来说。毕竟，我们从来没住满过——一天也没有，更不用说整个度假季了。我们也从来没有靠近过那个称作"利润"的疯狂美国概念。我们一直挣扎于令人惊骇的百分之一的入住率——低得月月遭受丧失赎回权的威胁，相比希尔顿、万豪或其他任何有利润酒店的74%至80%的期望入住率，简直望尘莫及。

我把那张纸递给麦克，他只匆匆看了一眼，然后传给约翰和乔尔。三个人都不相信地望着我。他们也许认为我是个乡下白痴。金钱像泥土似的挥洒出去，而我似乎一心只想对付过这个月的止赎通知。嗯，实情是，那正是我这十四年一直在干着的。我已经被调教得像个实验室老鼠——在踏车上单调地跑了这么多年，以致当科学家终于露面，告诉我可以从那个该死的东西上下来时，我竟然误解了他们。我以为他们是要我再跑快些。

麦克笑了，是他那温和、怜悯而圣洁的微笑。内心深处，他也许对我深深表示同情。

"再好不过，"他说，"我们将租借你所有的房间和浴帘隔间。我们将在音乐会前一个星期搬出去，因为那三天我们必须在现场。那么你就可以把房间再租出去。我们会付你整个一季的租金，但你可以把房间第二次租出去。也许音乐节之后，我们一些人需要回到房间收拾东西。可以吗？酒吧和咖啡间如何？我们需要给工作人员供给饭食。还有剧场和电影院怎么样？我们需要办公和开会的地方。你能一并租给我们吗？"

我惊呆了。"你要什么都可以。"我说，已是目瞪口呆，"我回头算出数目，再给你。"

即使妈妈在听着谈话的每一个字，也一生中第一次知道了要保持安静。我抬眼望了老爸一小会，捕捉到了他眼里的神情。他眼里洋溢着骄傲，一边看着儿子在做事务安排，即使是他也知道这将是我们一生中绝无仅有的重大事件。

"好，成交了。"麦克说。我们握手表示达成协议。我尽最大努力显得冷静，但是眉毛上的汗水暗示了我内心正在上演的戏剧性场面。我感觉就像灰姑娘——虽然是男性版本——总是害怕麦克·兰会随时变成一只白老鼠，而他乘坐的直升飞机会突然变成南瓜。

麦克转身对一个助手说话，要他去一辆豪华汽车里拿个大购物袋来。几分钟后，那个助手拿了袋子回来，麦克把它递给了我。我往里看了看，只见里面装满了捆扎得整整齐齐的一叠叠钞票。

"埃利，现在拿走整个夏天的租金吧，我们觉得预付更好，"麦克说，"噢，还有件事。请你做音乐节的公共关系代表，与本地社区打交道如何？你能协调当地居民、市镇官员和所有人吗？我们将非常感谢。这份工作另外再付五千块，怎么样？"

好事真是接二连三，我想。

"好，没问题，麦克。这事我能做。"我说。说着，麦克伸手从袋子里又掏出五千美元。

我狂喜得几乎要晕过去，不过还是保持了短暂的清醒。

"噢，麦克，我有最后一个重要请求。你能雇我的剧团吗？都是极好的演员、演奏家和艺术家。"

"没问题，伙计。我们全都雇了。他们明天就可以开始。他们可以在音乐节期间组织临时演出，还可以帮助运送乐手。那他妈的太好了。他们都雇了。我们会把一切都安排好的。"兰说。

"太好了，我下午就告诉他们去，"我说，"他们一定会激动得发抖的。"

可是麦克还没有完。"我想起来了，埃利，"他说，"我知道你还有按揭要付，我们这里有个点子。我将宣布摩纳哥是今后两个星期的独家门票代理。你能卖多少票，我们就给你多少，你还能拿到正常的代理费。这样可以吗？"

"好啊，麦克，当然了。"我说。我已是幸福无比的状态，再加一颗樱桃，我就要飞上月亮了。音乐会门票销售代理？为什么不？当然，推销旅馆房间、煎饼，以及为异性恋、gay 和拉拉办单身周末聚会，我一直失败得不得了。可是那又如何？我大可以试他一回卖门票。

不用说，我对麦克刚才交给我的事没有一点概念。在随后的两个星期，麦克·兰和同伴们在整个三州地区——纽约、康涅狄格和新泽西——的报纸和电台到处登广告，宣布购买即将到来的音乐节门票的唯一地点就是摩纳哥售票处，其实，那就是我们的登记台。你会觉得他们宣布了开始发售去伊甸园的单程车票。两个星期之间，我们售出了价值三万五千美元的门票——那还只是代理费。算成今天的美元，三万五千将相当于二十五万还多。我父母和我一辈子哪见过这么多钱。老爸和我不停地检查那些票，仿佛它们给施了魔法。这些是真的吗，我们一直在疑惑，要不它们是魔豆变出来的？但是人们在不停地购买它们。

我父母和我做的第一件事就是付清汽车旅馆的房贷。对于一个十四年来总是迟付每月付款额的家庭来说，这实在是个具有重大意义的事件。

同时，电话铃声一直没断过。像我这样，封锁在贫穷的思维里，我总是守着一条电话线，尽管伍德斯托克人早就为自己安装了几十条电话线。私下里，我害怕这整个事业会随时垮掉，而伍德斯托克人就卷起帐篷，回家去，就像他们到来时一样神秘。是的，它有可能通通远去的，然后护士们就会进来，剥夺我的自由，继续这么多年生活一直在进行的休克疗法。但是既然这一切还在进行，我就让自己狂喜迷醉吧。

在麦克·兰降落后的第一个星期里，我的整个世界进入了某种神秘的回转仪重新调整状态。对于生命中什么是可能的，我的一切大脑模式与感知突然都被重新安排了。必然是这样的，因为先前的埃利奥特·台伯根本无力掌控即将发生的一切。

08

第一波

7月18日，星期五，汽车喇叭鸣叫致意、人们欢呼庆祝以及摩托车加速引擎的声响把我吵醒。我在床上翻了个身，双眼蒙眬，半睡半醒。"发生什么事了？"我大声问道。我穿上衣服，走上17B号公路，眼前的景象简直令人难以置信。一条接连不断的人流，或驾车或走路，正在开进贝瑟尔。成百上千的人靠两条腿，走在缓慢移动的汽车旁边。很多人坐着面包车，还有人骑着摩托车。有些面包车特意喷上了DayGlo荧光颜料——黑暗中发光的各种颜色，粉红、绿、橙、蓝。很多车还漆上了和平标志和反战口号："做爱不作战""花[1]的力量""性爱自由""鼓励花儿裸体""权力归于人民""生啤酒！""宣布内衣非法！"以及"联邦调查局要抓乖乖兔子"。

---

[1]　嬉皮士身穿鲜艳的绣花衣服，头戴绣花头饰，被称为"花的孩子"。

很多过去的汽车上喷上了色彩鲜艳的胡椒军士[1]模样的卡通画。还有人在赞美迷幻剂让人感觉强烈的好处——"J·埃德加[2]需要来一剂橙色阳光[3]！"

　　每个人都在车里放着音乐。从汽车收音机和八轨磁带播放机里，贾尼斯·乔普林、吉姆·莫里森、甲壳虫乐队和鲍勃·迪伦的声音滚滚而出，像一浪一浪十足的快乐和不加掩饰的自由。长发嬉皮士穿着鲜亮的扎染 T 恤，从车窗里探出身来，挥着手。白湖的居民聚集在 17B 号路边旁观，满怀敬畏和迷惑。"我们来了，宝贝儿，"一个女人对一位白湖居民喊叫道，"我们参加聚会去吧！"

　　从那天起，人们数以千计地来到贝瑟尔，参加伍德斯托克音乐与艺术节。进镇的车流——老爸站在 17B 和 55 号公路的角落一连几个小时地指挥——是任何人都从未见过的，而且看起来它永远不会流到尽头。起初，有报告说每天会有一千人到达贝瑟尔，如果事情进行得平稳的话，这将与修改过的预测相符，即参加音乐会的人数将在三万五千到五万之间。但是离 8 月 15 日开幕还有近一月之遥，每个人都知道，随着音乐会一天天临近，数字会蹦到天上去。只是到底会有多少、持续多久的问题。

　　在摩纳哥，每个房间都租出去了，即使浴帘隔开的空间，不管是半私密的还是不那么私密的，全都没剩下。突然之间，钱不是问题了——这在我整个生命中是第一次。我们现在需要的是人

1　Sergeant Pepper，指甲壳虫乐队的歌曲《胡椒军士的孤独之心俱乐部乐队》中的虚构乐队。
2　John Edgar Hoover（1895—1972），美国第一任联邦调查局局长。
3　即强力致幻剂 LSD，可造成持续六至十二小时的感觉、记忆和自我意识的强化。

手，幸运的是，到处都是能干活的人，且都愿意干活。我雇了二十个人清扫房间、洗衣服、烧煮食物、侍候餐桌、在酒吧配酒、做三明治以及修剪草地。而甚至那二十个人都紧绷到了极限。同时，多年前就关了门的旧旅馆和汽车旅馆又在重新开张，接收客人，即使顾客不得不睡在破旧发霉的床垫上，而且自来水都还没接进来。音乐会开始前几个星期，人们就开始在马克斯·雅斯各的农场野营了。到那天为止，这地方就已人满为患，虽然伍德斯托克工作人员加班加点拼命安装厕所和自来水，还是无济于事。对正在涌入贝瑟尔的几千人而言，这些似乎都不是问题。他们绝大多数只要到那儿去就高兴了。

兰让我做人类历史上最大规模音乐会的唯一票源，由此把我放在了人类另外某个维度的中心，这个维度我以前只在报纸和电视上接触过。这些人不是我一生打交道惯了的纽约客。他们不是物质主义者，并不渴求财富和名望。他们是无法定义的，主要是因为他们拒绝了通往那个所谓美国梦的巨大幻觉的一切可算作途径的东西。他们蓄着长发，穿着工装裤，屁股垮垮的，赤着脚，戴着方头巾，随性而为。很多人把头发染成了桔黄、粉红、红、绿、紫及蓝色。他们许多人头上、脖子上、手腕和脚踝上都戴着珠链、和平标志和其他各种装饰品。有的人胡子蓬乱，极少有人按任何规律洗澡，而在意世界对他认同的人就越发稀有了。似乎每个人都在唱着、笑着。我一生从来没有听到过这么多笑声。

当然，这些歌声和笑声很多是由化学药品引发的。毒品到处都是——就好像大麻、THC 和 LSD 突然间合法化了。人们公开传递

135

大麻烟卷，就好像野餐时传递烤饼一样。

很多人开车进我们的停车场问路，不少人显得很兴奋，衣服上一股很浓的大麻味。他们进了登记室，对我满面笑容，然后说："Whashappenin'（过得好吗）？"我头几次听到这个问候，一时还摸不着头脑。过了几分钟我才意识到，他们抽大麻抽得痴愣愣的，把三个单词并成了一个。"是啊，"我用不断减弱的声音说，"Whashappenin'？"

"你知道摩纳哥汽车旅馆在哪里吗？"很多人会问。

走进我们登记室时，大多数人还算清醒，但当我把伍德斯托克的门票递给他们的那一刹那，他们立刻迷醉了。很多人死死盯着我，努力和我进行某种灵魂交流，似乎对于世界我们分享着一种更为宽广的视野，这使我们成为同道中人。他们在空中晃晃那些票，说"好极了，兄弟""谢谢，伙计""棒极了""酷，哥们""真不容易""你让我太兴奋了，伙计"。还有人喝彩、叫喊、抱着同伴转个圈。每个人都拥抱、亲吻在场所有人。

在这漫长人流的某一点，我意识到了那显然的事实。这些人并没有局限于异性恋对同性恋的二元性。他们是自由的，此前我甚至觉得这种自由根本不可能。这并不是说他们不是异性恋或同性恋或双性恋，而是说，不管他们是什么，或者不管我是什么，都是极好的。从他们身上散发的信息是你就做你自己，没有必要做别的。享受它，伙计。体验它。男人们从沃德·克利弗的角色模板中挣脱出来；女人们扔掉了琼·克利弗的套装 [1]。如果一个男人走路喜欢扭捏作女人状，那就扭捏作女人状。如果一个女人想要公开展示性感，那就公开展示性感。如果一个男人或女人是同性恋，那么他或她就做公开的同性恋。而且在我眼里，这样的同性恋无处不在。

到了晚上，伍德斯托克人会聚集在我的迪厅，喝酒庆祝这一天的工作和即将到来的音乐会。自动点唱机整晚吼叫着，人们跳舞，一直跳到他们觉得衣服碍手碍脚了，这时他们会和某个人悄悄溜走，到一个房间或者旅馆某个偏僻的地方去。滋皮·麦克纳尔蒂，一位志愿舞台工作人员，看起来像超人的金发版本。他并不隐藏他是同性恋的可能性。而我仍然有些谨慎，不敢轻易接近任何男人，在白湖，如果不是绝对隐秘，我不得不特别小心。但是看着滋皮穿着紧身牛仔裤和 T 恤在房间来来回回，要按捺得住实在是太难了。真他妈的，我对自己说。

"你穿的那双建筑靴我看着不来劲，"我告诉他，"但是假如我是性受虐狂而且对穿脏靴子的强壮男人有兴趣，我就会请你跟我来，到二号小屋看看我收藏的鞭子、真皮吊索，还有挂在天花板上的吊钩镣铐。"

"带路吧，朋友，"滋皮回答道，"那正对我的胃口。"就这样开始了一项例行的事务，夜复一夜，人们可以看到二号小屋踩着它的高跷舞蹈，直到天亮。不过，滋皮并不是唯一的客人。伍德斯托克就像某种不明飞行物，降落下来，向贝瑟尔这个极端保守的小

1　Ward Cleaver 和 June Cleaver 是美国情景喜剧《反斗小宝贝》（*Leave it to Beaver*）中的两个男孩的父母，常被视为 1950 年代婴儿潮时期郊区父母形象的典型。

镇派出了性解放的大军。我已经在柜子里憋了十四个年头。现在，麦克·兰突然打开了柜门，让我在性、毒品和摇滚的狂野聚会上尽情发泄。

鲍勃和吉姆是一模一样的双胞胎。他们都是百老汇舞蹈演员，都拥有必不可少的身体装备——健壮的身体、漂亮的脸，以及赋予他们飞翔能力的肌肉强健的腿。晚上，喝了无数啤酒，抽完我拿得出的所有大麻烟，鲍勃和吉姆就开始跳舞，开始是在地板上，随后就上了吧台。当气氛变得疯狂时，两人就跳起了脱衣舞，一路脱到只剩一条紧身内裤。天哪，他们的内裤鼓胀成什么样子！一天晚上，喝了许多酒，抽了不少大麻，狂舞了一会之后，我把吉姆（或者是鲍勃？）拉到一边，说："假如我是个妖货，我会特别乐意做奶油，填在你们这两块美味烤饼之间。"

吉姆揽过我的脸，掰开我的嘴，像饥饿的狮子一样吻我。酒吧里人人都鼓掌欢呼，大笑起来。

而这时，从眼角瞟去，我看到了妈妈……她在看我！她震惊得手捂着嘴，眼睛瞪得老大，眼里满是她刚才看到的那幅景象。我忘了那天晚上妈妈和爸爸在酒吧里侍候用餐、照看收银台。这下，妈妈惊骇极了，转身跑进了地下室。那个晚上我再没见她出来。

这个事件让我很是挂怀，但我被色欲完全控制了——还有吉姆抓住我脸的力道——对此我已彻底无能为力。然而，就在那一刻，两个世界——白湖和曼哈顿——突然合并了，而我内心深处有声音告诉我，这是可以的。

正想着，鲍勃朝我跑过来，对众人喊道："让我也来一把！"

他从吉姆手里拽过我的脸，又给了我一个饥渴的、大张其嘴的吻。现在欢呼和笑声更加响亮了。

"老爸，今晚替我当班。"我对父亲说。说着，吉姆、鲍勃和我一路跳着舞去了二号小屋，在那里鲍勃·福斯对我们做了一通宵的性虐。"爱在百老汇！"我一个劲快乐地叫喊。

在纽约，我的性行为大多发生在黑暗中，常常是在同性恋俱乐部里，比如矿井俱乐部。同性恋不敢在公开场合调情或者表露任何不加掩饰的情感，以免被捕，甚至更坏，被殴打。这种威胁使我们一直把自己锁在内心恐惧和羞耻的柜子里。但是伍德斯托克人到来时，人人都在调情，都在彼此吸引，包括同性恋——甚至在大白天。

汉克大约五英尺十英寸高，肌肉发达，浑身黝黑。他来自新墨西哥州，听说有这个音乐会，便把手上的事情全撂在一边，钻进汽车，直接开到了贝瑟尔，在这里他志愿做一名舞台工作人员。一天，我正在往游泳池里倒廉价漂白剂，这时汉克走来，问我下去游一把好不好。

"好极了。"我说，不过我又对泳池边的告示牌做了个手势，那上面写道："游泳池规则。没有救生员。摩纳哥对溺水、儿童在池里小便或者其他任何水里发生的事情概不负责。游泳请自担风险。"

"对裸泳倒什么也没说。"汉克评论道。

"没有，'禁止'单子里没有那样的东西。"我回答道。

汉克就在池边脱下了牛仔裤和 T 恤，然后像刀锋一样插入了水里。哇哦，哇哦，我想，一边看着水卷过他完美、光亮的躯体。

"摩纳哥给每一位身体强壮坚实、水光闪亮的裸泳黑神做全身按摩，最后敷油。"汉克在继续游着，我告诉他。

汉克停止了游泳，踩了会儿水。他向上望着我，说："我不大跟白人花花公子干那事儿。嗯……"他似乎在考虑那种可能性，或者也许只是在耍耍我。我不确定。

"我第一次被黑人强奸，是在我十岁时，"我告诉他，"但那以后，我们继续来往到我十二岁左右。事情发生在我的地下室。他大概二十岁。你多大了？"

"黑人勾引你的？"他问。

"怎么可能，"我说，"不过，也许我是被迫的吧。事到临头，你被人勾引，又勾引人。我喜欢那种方式。"

"是啊，"他说，"我也喜欢那样。"

* * *

1969 年的夏天把破败、粗陋的二号小屋变成了一座爱的宫殿。但是在我胡作非为的性爱的间隙，其他更微妙的事情也在发生，也对我产生了重大影响。因为突然涌来的生意，我的周围尽是这些工人——年轻人，跟我以前接触过的非常不一样。有时候最简单的谈话也让我惊奇。首先，我发现许多来伍德斯托克的人拥有梦想，这些梦想超越你们的那些普通纽约人——不论异性恋还是同性恋——所能想到的一切。一天，我和一个叫史蒂夫的家伙小聊了一会，他是我雇来在旅馆各处做一些侍候和维护的杂活的。史蒂夫也许二十五岁了。他是个很好看的孩子，友善又开朗。他收拾完一些房间后，我们站在总统侧厅前面说话。

"这事全结束以后，你要做什么？"我问他。

"我存下了一些钱，打算买块地，和我的女朋友一起住。"他说。

"你准备到哪里去呢？"我问。

"我们在佛蒙特州的东北王国地区看地方，就在圣约翰斯伯利和一些小镇附近吧。真是漂亮的乡村，在喀里多尼亚郡的山里还有些地。"

"你打算去那儿做什么？"

"呃，我们要在那儿生活，是吧。我们要建一栋小房子，开辟一个园子。我能找份工作。"他笑了，小男孩似的，非常天真，"我们要生一群孩子，一起过日子，知道吗？"

"那你不就失去了可以在城里做的很多事情吗？"

"什么事情？"他问我，"我在纽约城长大，眼看着我父亲一天到晚工作，从不回家。等他在家的时候，就知道喝酒，对我妈妈和我们大吼大叫。是的，他有钱，但此外还有什么？我不要那种生活。城市在死亡，老兄，你不知道吗？"

"我需要纽约，"我说，"那是唯一接受我的地方。"

"你内心里必须先接受自己，然后才能找到适合你的地方。"他说话的方式只有一个二十五岁的人能做到——直接，中肯，又有一点自命不凡。不过，这话戳到了我的痛处。

每天早餐，伍德斯托克人在煎饼房把老爸准备的东西通通吃掉，然后开拔，去马克斯的农场为音乐会做准备。早餐大多数时候只是英式松饼和咖啡而已，但是人们很喜欢读菜单。而且让我惊奇和高兴的是，他们真的看懂了那些笑话。

"嘿，埃利奥特，"一个家伙叫了起来，"今天吃了埃塞尔·默尔曼[1]煎饼。贵是贵得离谱，埃利奥特，但是味儿不错。"

"喜欢那些芭芭拉·史翠珊煎饼，埃利奥特，"另一个人说，"但是今天我感觉有一点鼻子不通，明白我的意思吗？"

人们一直在对我竖立的标志作出善意的评价，很多人明白那是我在这么多年的汽车旅馆疯狂之中必需的一种发泄。

一个家伙让我惘然若失，因为他半开玩笑地问我："埃利奥特，我们什么时候才能在你的地下影院看《红心之王》（*King of Hearts*）呢？我觉得那部电影在这里放很合适，你觉得呢？"

《红心之王》首映于1966年，是一部风靡一时的经典，讲一战时一个人从德军手里逃出来，没想到竟去了精神病院避难。在那里，他试图释放那些病人，可是自己倒先弄得疯疯癫癫的了。"那部电影讲的是我的生活故事。"我说。

突然之间，摩纳哥有了生命。这破败的三等汽车旅馆成了宇宙的中心。在我心底，我意识到，把布朗克斯、布鲁克林和长岛来的头发乱蓬蓬的长舌妇换成这些色彩斑斓、又辣又酷的嬉皮士，是要让我重生一次了。一生中第一次，我感觉人们理解我了。他们看到了我是谁。他们知道地下影院是什么；他们欣赏长舌妇煎饼屋菜单上的庸俗艺术；他们关联着获得理解的感觉。这里是一些关心环境和一切少数族裔民权的人。这些人热爱音乐、艺术和温顺的动物。

1　Ethel Merman（1908—1984），美国女演员，歌手。

看得出来他们拥有超越了仅仅是成功和赚钱的渴望。我被此刻包围着我的这一族灵魂激励着。

一天下午，音乐会宣布后不过几天，我开车去马克斯·雅斯各的农场。阳光明媚，天空清澈，只有几团积云飘过。也许两三千人已经在那片地上安营扎寨了。农场边缘，无数小帐篷已经支起。汽车和面包车也停泊在农场边界一线。人们就这么在外面游荡、谈话、彼此认识。同时，脚手架在农场一端竖立起来了，音乐台和高音喇叭将安放在那里。看样子得有几百人在农场各处忙碌着，为这次盛大的音乐会安排场地。

从马克斯的农场驱车回来时，我经过白湖，看见几十个人在裸体游泳。人们就这样完全放松了，在找寻乐子。我经过了一队队开往雅斯各的农场和贝瑟尔镇的汽车和摩托车。往车里看，我看见男人和女人、男人和男人、女人和女人。我意识到，来这次音乐会的有各种各样的人——丈夫、妻子、异性恋、同性恋、名流、双性和三性恋，还有异装癖。我经过时，很多人不是对我微笑，就是向我招手致意。我也微笑，招手回应。一点儿爱在我们之间来回传递着。在我灵魂深处的某个地方，我感觉到了舒适甚至一点安宁。我是所有这些人、人的汪洋的一分子。人们走到一起来，为了三天的音乐，如果我们幸运的话，还为了一点爱。也许，到了最后，那是我们所能期望的最好结果。

我开进了摩纳哥的停车场，停好那辆别克，然后轻松地漫步回登记室，尽管我周围是蜂巢般的忙碌，我却感觉到平静和从容。麦克·兰的一位年轻男助手跑了过来。

"原来你在这儿！"他说。

"Whashappenin'？"我问他，很高兴学会了这句行话。

"本地人开始有点受惊吓了。这里已经有了很多媒体人，还有更多要来。麦克想要你开个记者招待会。"

"你开玩笑吧？"我问。

"不，"他说，"该你上了，埃利奥特。"

09
白湖反叛者

记者招待会定于第二天下午举行。鉴于面对媒体的压力，以及我从来没有做过任何事情的发言人——除了我自己的音乐节，每次吸引来的人不超过一打——我觉得为准备这件大事放松一下比较稳妥。为了帮助放松，我吸了大麻，噢，也许很快接连抽掉了半打大麻烟。

　　那天早上，我吃过早餐，又清洗了一打马桶之后，我直接去了我的迪厅，它是伍德斯托克工作人员和各式各样过路人的本地隐藏所。我在那里卷了一根特大和若干小巧的大麻烟，然后开始沉思，我应该通过这些即将集结起来的显要人物向世界说些什么呢？什么想法也没冒出来。我希望到时候大麻会带来灵感。

　　记者招待会在长舌妇煎饼屋召开。对我而言，幸运的是只来了几家本地媒体。看来，厉害的主儿还在路上呢。

会上也许有六到七位记者。大多数来自沙利文郡的本地报纸，包括贝瑟尔、沃尔基尔和蒙蒂塞洛等地。其余的是本地电台的人。在房间后边，麦克·兰舒适地坐着，像平常一样穿着牛仔裤、不套衬衫的背心和凉鞋，脸上挂着一点笑容，好像在暗示世界的一切都很正常。

第一个问题有关我的许可证。"你在白湖开音乐会，有合法的许可吗？"一个记者问道。

我试图显得有威严，但能感觉到大麻在体内发作而我对现实的把握在松懈。

"8月15日、16日、17日，这里将举办一次音乐与艺术节，"我讲起来，"这只是又一个夏天的节会，是我正在进行中的年度音乐与艺术节的一部分，这些节会使白湖真正成为国际文化中心——诸位令人倾慕的媒体女士们和先生们到这里来报道它，就是明证。我很骄傲地成为前十年这些节会的艺术指导，并希望……"

我刚刚找到思路，就被那位记者粗鲁地打断了。"你在白湖开音乐会，有合法的许可吗？"他又问了一遍。噢，是的，我没回答他的问题。把持住，我告诫自己。

"当然，"我说，"我是贝瑟尔商业理事会主席。"我努力恢复我的尊严，"像我本人这样一位重要的市民领袖，会没有所需的许可证就开始办节会吗？"我反诘道。

"你知道警察现在估算将有九至十万人来这里参加音乐节吗？你的民众认为十万嬉皮士会对白湖做些什么呢？"

"我的民众？"我问，"白湖本地居民是不能视作民众的——

我的或任何其他人的。"我的大脑尚在运作的那部分意识到，我已经完全丧失了管住嘴的能力。

我开始推测在这个极其巨大、大事小事永远在不停发生的宇宙里，记者招待会的本质其实是无关宏旨的，我想我们与这些心情焦躁的可爱小人物一道，都只是在见证着这些事件，就像现在正在长舌妇煎饼屋里发生的俗气小事。如果再有这样恼人的问题提出来，我就打算问问谁带了什么吃的没有。

"如果十万人来参加音乐会，你准备好解决卫生问题了吗？你怎么给这么多人供应食物呢？"一个记者叫喊道。

"高贵的新闻界女士们先生们。你们的职业是值得尊敬的，其长寿和荣誉仅次于世界上最古老的职业，我们都知道那是什么。"说完，我扬扬眉毛，露出一丝不怀好意的微笑，然后得意地轻笑两声，"让我把几件事情彻底说明白。音乐节租借了摩纳哥汽车旅馆，租期是这个度假季剩下的日子，旅馆将用作总部和现场办事处。你们也聚齐了，我就利用这个难得的机会宣布一下，明年我妈妈要建造一座两百层的摩天大楼，八十五层将有旋转健身俱乐部和联合国会议中心。诚恳邀请你们大家，都来视察我们在那里为今天这样的场合准备的名副其实的记者会房间。然而，鉴于我还得再整理三十张床铺，清洗一打左右马桶，今天的招待会必须结束了。再见，诸位。"

那些记者面面相觑，嘴和眼睛张得老大，我则优雅地飘然出了房间。这事干得不错，我对自己说。出门之前，我瞟了一眼麦克·兰，他在微笑，投给我赞许的眼神。

到 7 月的最后一个星期，警察把每天到达人数的估计增加到一万。一天的某些时段，警察在 17B 号路上为前来贝瑟尔的人流开辟两条车道。同时，农场里的人群极为庞大——远远超过我们的任何想象。一座帐篷建成的城市正在成形，人群和旗帜的海洋正在迅速填满马克斯为音乐节拨出的八十英亩土地。

我刚刚开完记者招待会，那些主要媒体网络就到了摩纳哥。麦克·兰预见到他们会来，曾要求我准备三个房间给主要新闻机构 ABC，CBS 及 NBC[1]。他甚至预先付了租金。果不其然，三大电视网都开着满载装备的卡车来了，车上还载有接收碟和天线。它们开进我的停车场，就像坦克在攻占山头。很快，他们开始向世界报道这场正在白湖发生的史无前例的活动。自然，那只会招来更多的人、更多的车辆。

再也无法开车穿越镇上了。人们走路去商店、餐馆，还有湖边，他们在那里裸体洗浴，在太阳底下厮混。人们骑马，骑摩托车、踏板车和自行车。到处是大群的人，似乎镇里每一条街道都有嬉皮士在闲逛。

摩纳哥既是音乐会总部，又正好隔条公路与白湖相对，所以人们总是来我们的停车场寻求帮助。辛苦跋涉之后，很多人只是需要一个安全的地方歇息一下。不少人想要毒品，这在雅斯各的农场是免费散发的。其他人需要问路，还有的人要求帮忙寻找分头到达的朋友。但这一切都很平和。

尽管如此，单是到白湖来的庞大人数就吓坏了许多本地人，他们大为恼火。他们开始对台克伯格一家表示不满，恶意破坏的行径

1　美国广播公司、哥伦比亚广播公司及全国广播公司。

起初还只是稍微超出兄弟间的玩笑而已——晚上，人们会来到我们的旅馆，在总统侧厅的外墙喷上纳粹党徽。然后他们就开始用一些感情热烈的短语装饰外墙了，比如："我们要烧掉你们的汽车旅馆，你们这些肮脏恶臭的犹太猪。"每天早上，老爸一起床就抓起油漆罐和刷子，把头天晚上留下的艺术作品刷白。

当然，涂鸦只不过是白湖善良的人们发动的战役之一。另一战役便是无休无止的言语攻击，直到音乐会结束、所有嬉皮士都回家好久了都还不停止。早期攻击我们的天主教战士中，有一位个子很高的女人贝拉·曼尼斐利，她的金属丝卷发夹是通过外科手术嵌入头骨中的。贝拉长年居住在附近一幢窗户面湖的出租楼房里。一天下午，贝拉来到我们的小登记室——她总是这样打扮，卷发夹、家居服、拖鞋——表达她的强烈不满，总体上是针对摩纳哥，更具体些，是针对我。贝拉对台克伯格家一点也不满意，为了传达她的感受，她给我们冠以这些名目：共产分子、绑架犯、自由主义者、谋杀基督的人、不要脸、妖货、滥用汽车月票的人，当然，还有她庞大的词汇库中最坏的那个词，三个字母的特品——"Jew"（犹太人）。

贝拉有关系，她想让我们知道这一点。她有势力。她声称她的儿子在霍博肯是大牌法官，就住在弗兰克·西纳特拉[1]堂兄的隔壁。

"如果你们这些犹太人不停止音乐节，我就给我儿子打电话！我有关系，告诉你。在白湖打听打听，我的话是什么意思！这是我最后的警告！我们沙利文郡再也不需要犹太人了，我们也绝对不需

1　Frank Sinatra（1915—1998），美国歌手、演员和制片人，被公认为20世纪最受欢迎、最有影响的音乐艺术家。

要任何性变态！"

不幸的是，那其实并不是贝拉最后的警告。也不是她的第一次。这之前五年时间里，我们的酒吧是她每周游荡线路的固定停靠站。她会买一瓶啤酒和一只大三明治，然后在门口附近的吧凳上坐下。她一边大口吃着三明治，一边说每一个经过她身旁的人的坏话，愤怒达到高峰时食物四溅。离开时，她的告别演说永远是一样的："我来这里就是要看看你们这些犹太旅店主究竟在干些什么。酒吧里是妓女！房间里是妓女！17B 号路上是妓女！到处都是妓女！我要给我的法官儿子打电话，他就住在弗兰克·西纳特拉堂兄的隔壁。等我告诉他摩纳哥这儿发生的事，他们一定会把你们关掉，把这里烧掉。你们这些人为什么不从哪里来回哪里去？"

然后贝拉转身出门，当时无论谁碰巧在酒吧里，都热烈鼓掌。随后她朝住所走去，一路上情绪激昂，一半是在发酒疯。

这一次，贝拉想要我知道，如果我不停掉音乐会的话，我的行动将立刻导致后果。她的话没错，她成功地引来了一群巡视官，让我们很是吃了些苦头。突然之间，来了健康巡视员、火灾巡视员、水质巡视员和空气巡视员，把我们盯得浑身不自在。任何有执照巡视点什么的人都会来敲摩纳哥汽车旅馆的大门。邻居向能见到的每一个官员反映，责怪我们违犯了他们想得出来的任何鸡毛蒜皮的条例。我们私入别人的土地，我们是火灾危险源，我们是道德危险源，我们是健康危险源。而最严重的是，是我们把那些嬉皮士投放进白湖里的。他们裸体游泳，在水里通奸，而且上天不容的是，他们事后还用肥皂清洗身子。无疑，所有这些行为都在污染湖水。在湖里玩了一天以后，很多人就去看电影，更多的人则在电影院门前徘徊，阻拦了品行端正、敬畏上帝的基督教徒看电影。

开始，我们试图不与巡视员伤了和气。我们没有什么可隐藏的，除了假的空调盒、放不了的电视机，以及我们最多住二百人的汽车旅馆现在安置了五百人的小事。巡视员给我们记了一笔，要求立刻改变，包括赶走大约三百名额外的嬉皮士。我以威胁采取法律行动进行反击，却只博得巡视员的一通讥笑。终于，我找麦克·兰去了。

"麦克，他们弄得我要发疯了。我们可以做点什么吗？"我问。

"没问题，埃利奥特。放轻松些。一切都在我们掌控之中。有人烦你的时候，你只要告诉我，我们会处理的。你什么事也不用担心。"

然后我发现，所有的巡视员都不再来了。他们的停止禁令没有一条得到强制实施，也没有一位客人必须离开汽车旅馆。麦克设法把这一切都驱散了，但是他怎么做成这个奇迹的——许多奇迹之一——对我来说是个谜。

麦克自然有他的办法。其中之一当然就是钱，而他有的是。

* * *

记者招待会之后第二天，麦克走进酒吧，要我随他出去跑一趟。他带着一个鼓胀的塑料袋，挺随意地拿着，好像里面装的东西根本不重要。我正在打扫酒吧，因为伍德斯托克人，包括我在内，一通宵都在这里狂喝滥饮兼吸毒，而我此刻的神志在功能上就跟一块弹性橡皮泥等同。为了帮助我醒过来，麦克让我往他的袋子里瞄了一眼。

"噢，天哪，"我说，一下子清醒了，"都是真的吗？还是现在我们已经在印这些东西了？"

"不，全是真的。"麦克说。

"好啊，"我回答道，"但是千万别给我妈看你袋子里的东西。就算比这少很多，她也会晚上偷偷溜进你的房间，把你掐死在睡梦里的。"

"我们骑上摩托，走一趟吧。我需要你的帮助。"麦克说。

骑着麦克的哈雷－戴维森牌摩托，我们沿着17B号公路开了一小段，来到白湖国家银行。这是个星期五，里面大约有十来个本地人，大多是农场雇工，排着队等待兑现他们每周一次的工资支票。我穿着黑衬衫黑牛仔裤。麦克与平常一样，不穿衬衫，只是一件带须边的背心，一条褪色的蓝牛仔裤，一双凉鞋。此外，自然，就是他的头发——一只不受约束的拖把，棕色头发小卷一层层垂下他的脸，垂到肩膀。

我们进门那一刻，每一张脸都转了过来，每一双眼睛都集中在兰身上——他赤裸的胸口、他的长发、他穿凉鞋的脚。我能看见他们脸上的厌恶表情。

银行行长斯科特·彼得森是个肥胖的男人，穿一身泡泡纱套装，一看见兰就立刻出了办公室，急忙向我们赶过来——这种做法，1980年代和1990年代的管理顾问称之为"损害控制"。突然间，那些在队列里一动不动的农场雇工动起来了，开始咕哝："肮脏的嬉皮。吸毒的垃圾同性恋。我们一定要收拾你，台伯，还有雅斯各。"马克斯显然加入了对手阵营，等这一切都结束之后，就有他好忙的了。

我看着这一群排队的老乡，畏缩了。兰却是无惧无畏，对每个人微笑。斯科特显然因为我们的出现而心烦意乱。他的脸红着，眼光在他赖以为生的顾客群和这两个突然出现在他原本安祥而体面的机构里的怪人之间紧张地跳来跳去。

"能为你效劳吗？"斯科特问麦克。

"我们想开个账户。"麦克说。

"我们不跟……"斯科特咽下了下半句话，他深吸了口气，转头对我说，"我可以和你私下谈谈吗？"

斯科特把我引进他的办公室，说："我们跟你们家做生意已经十四年了。在你的一次戏剧节目中，银行为你做过一回广告。妈妈委员会[1]抨击你的电影房时，银行帮助过你保卫它。银行甚至还买了你的白湖画作——尽管舆论认为它根本不像任何人见过的任何湖泊——还把它挂在了大厅。我们在努力帮助你们这些客户。但是这事走得太远了。这家银行不是我的。我不过是这间支行的行长。我还有老板，得为他们干活，而他们是有原则的。我们不和危险分子做交易。你明白吗，埃利奥特？"

我朝兰瞟了一眼，他招手让我过去。我走近时，他悄悄说："告诉这个家伙，我的购物袋里有二十五万美元现金。"

1　The Mother's Committee，类似于家长会的机构，通常设立在学校、社区中，供家长与机构或家长相互之间交流沟通。

我跑回银行行长那里，他正在鼓起勇气，准备把我俩都赶出去。

　　"斯科特，我的合作人兰先生，有意开一个帐户，把他购物袋里装着的二十五万美元存进去。"兰朝斯科特倾斜袋子，稍微开了点缝，刚好让那银行家瞥上一眼里面成捆的绿票子。

　　斯科特的眼睛张大了。他快步朝兰走去。斯科特突然间礼貌起来，口气也缓和了，他说："先生，我可以再看一眼袋子里吗？"

　　兰打开袋子，斯科特朝里面窥视。"可以吗？"他对兰说。麦克点头。

　　斯科特拿出一叠五十美元的钞票，抽出一张，对着光举了起来。他的手颤抖了，弄得那张钞票像风中的国旗一样飘动起来。

　　他的脸色突然一沉，转身对那群农场雇工和其他本地人喊道："银行马上关门，下午两点再开。都请出去。马上！"他有目的地走向那十来个农场工，他们为刚才听见的话惊呆了，还站成一列。他抓住这些人的手臂，把他们一个一个送出了银行。

　　"怎么回事，斯科特？"他们抗议道，"我们得拿到钱。"

　　"过几个小时再来，我们给你们的支票兑现。"他对他们说。说着，斯科特已经把他们推出了大门，然后把门锁上。他吸了口气，整整衣服，快步朝兰走去，伸着手。

　　"我是斯科特·彼得森，白湖国家银行的行长，"他说，"我能为你做点什么吗，这位是……？"

　　"兰，"麦克说，"麦克·兰。"他现在觉得颇有点好笑了。

　　斯科特把我们引进他的办公室，然后问麦克银行可以为他做什么。麦克解释说，他希望开几个帐户，包括支票兑现和伍德斯托克工作人员的薪水帐户。伍德斯托克商业管理和户头小组明天将会跟进，他说。听到这里，斯科特脸都白了。

"明天是星期六，"他说，"星期六，当然，银行是不开门的。"

麦克转向我，说："埃利，蒙蒂塞洛不是有家银行吗？只有十五分钟路程，对吧伙计？"

斯科特慌了，一下子跳了起来。他抓起电话，拨了银行总部的号码，立刻要求同某个人通话，我猜测要找他的上司。"不，这很重要，该死，"他告诉电话那头的人，"摩纳哥汽车旅馆的台伯在这里，他带了伍德斯托克的人来。他们想明天来开账户，设立薪水支付系统。是的，我知道明天是星期六，你这个笨蛋。我们这里有二十五万美元现金等待开户存入。是的，是摩纳哥。不，不是那个破产的摩纳哥账户。他跟摩纳哥一起来的。好，等会儿打回给我。"

挂掉电话，斯科特转向麦克，亲切地问："你们是家公司吗？这些现金是做什么的？这些美妙的现金都是从哪里来的？"

麦克以他天使般的笑容和一个友善的问题打断了斯科特。"埃利，一直在威胁要收回摩纳哥地产的，就是这家银行吗？"

"收回？"斯科特焦急地说，"收回？不，不，不。我们从没想过要收回摩纳哥。我们跟摩纳哥的业务往来已经有二十年了。我们是邻居，兰先生。看见大厅墙上的那幅画了吗？摩纳哥汽车旅馆第一次举办年度白湖音乐与艺术节的时候，银行就买下了那幅画。"

突然电话铃响了，斯科特伸手去够，仿佛那本身就是生命。"是的。"他对电话说。他停下，听着。"噢，是的。"斯科特说，又停下话头。"好，"他终于说，"谢谢你。我会告诉他。是的，他们都可以直接到这里来，我们会把他们想要的账户全都建好。我会处理好一切的。"

斯科特挂了电话，对着麦克·兰眉开眼笑。"好消息，兰先生，"他说，"我们明天就在这里接待你们，解决你们的一切需要。现在，还请你签一些表格，我将着手办理，然后我们就可以给您存款了。"

递表格给麦克签字的时候，斯科特唠叨着伍德斯托克现在可随时享用的全方位的银行服务，不用说还有他对摩纳哥以及尊贵的埃利奥特·台伯先生永恒的尊敬、景仰和支持。

麦克解释说，伍德斯托克团体将在此后一个月左右定期存款，而且将对任何保障资金安全运送的措施表示感谢。

"我们将为你的存款运送提供免费保安，"斯科特说，"给我们打电话就可以了，我们来见你们。有必要的话，我可以亲自护送你。"

斯科特在一边喋喋不休，麦克则忙着阅读他签过的每一页纸的每一个字。这位绝不是树林中的天真孩童。麦克知道什么是什么，知道事情的来龙去脉。如果他必须平衡一只手上的保时捷和另一只手上的贾尼斯·乔普林，我肯定他能轻易做到。

随后三十天，斯科特·彼得森兑现了他的承诺。他和他的部下的确将大袋的钞票从我的迪厅顺着17B号公路护送转运到了白湖国家银行。当鬈发的麦克·兰走进那家银行时，在那里工作的每一个人都笑脸相迎，十分敏捷地说些奉承的问候语。

* * *

　　到 8 月 1 日，17B 号公路变成了三条车道，作漏斗状流向白湖。州警察永久性地驻扎在 17B 和 55 号公路的交叉口，而你从坡顶往下看，那三条道的汽车似乎在无止歇地走着。幸运的是，一切都还运转着，可是人群在不停地增长。州警察现在估计，两周后音乐会开幕时，来到白湖的人数将超过十万，而且数字可能会高得多。

　　本地人已处在恐慌的边缘，市政官员知道他们必须有所行动。麦克和我去银行的第二天，我接到贝瑟尔镇政务会一个委员的电话，通知我政务会正在考虑收回我主办音乐和艺术节的许可证。如果许可证被撤销，政务会将关闭伍德斯托克，把每个人都赶回家。

　　"那将是你做的最愚蠢的事，"我毫不客气地说，"你再也得不到另一次这么好的机会来振兴白湖、贝瑟尔和整个地区了。我们这个镇的经济即将经历从未有过的大繁荣。音乐会全部结束之后，我们可以邀请伍德斯托克风险公司年年在白湖举办音乐节。那意味着每一年都有巨额的资金流入。我们可以成为马萨诸塞州的坦格尔伍德，或者苏格兰的爱丁堡这样的市镇。我们将全年都有旅游生意，获得全国的注目和尊敬。这将把小镇从死亡线上拉回来。我们将有能力提升地产的价值，从而拥有一个税收基础，来保障更好的学校系统并改善本镇的基础设施。你可以用赚来的钱美化整个地区。你意识到了吗，你在盯着一条能让本镇每个人都富起来的路子？"

　　"我们不那么看问题，"他告诉我，"这些肮脏的嬉皮士在摧毁这个小镇。他们在湖里乱搞，他们光着身子公开四处招摇。下一

159

步你知道的，女人将开始被强奸。然后呢？整个镇子里的人都跑到政务会诉苦，强烈要求我们关闭这东西。我们必须有所行动，我们必须现在就有所行动。"

为什么是这样，活着的人中最愚蠢的却做了政客？我自问。作为一个重获新生的悲观主义者，我做了这种情形下通常做的事情——惊慌失措。于是我赶去总统侧厅麦克·兰的临时办公室，把刚才发生的事一五一十地告诉他。

麦克听着，微笑，却没有惊慌。在他的棕色眼睛里，我寻找担忧或失望的蛛丝马迹，但只看到了宁静和自信。他拿起装设在摩纳哥的两百部新电话之一，给他的人打了电话。电话铃响的时候，他望着对面的我，笑笑说："别着急，埃利。我们知道这是会发生的。我们已经掌控了一切，宝贝。"

两小时以后，一架直升飞机在汽车旅馆上空呼呼作响，然后轻轻降落在我们的草地上。从飞机上跳下一队律师，都穿得非常齐整，非常"纽约"。其中一人是位金发碧眼的女人，长得酷似费·唐纳薇[1]。她穿一身优雅的黑色套装，一件黑色短夹克下是金色的内衫，脚下的高跟托起了我平生所见的最美玉腿。她的头发是金色的，跟费的一样；她的颧骨高而突出，跟费的一样；而她整个的面容散发着美丽和智慧——也跟费的一样。她向我走来、自我介绍的那一瞬间，我爱上了她。是的，我知道——我是同性恋。但是有些人如此美丽、如此富有魅力，你一眼看到他们，瞬间就分不清东南西北了。

1　Faye Dunaway(1941—)，美国著名电影女演员。一生获得过一次奥斯卡、三次金球奖、一次英国电影和电视艺术学院奖和一次艾美奖。

她告诉我她的名字——克洛伊什么的。她说话时，我太迷糊了，她说的什么也记不住。她的名字到底是什么并不重要。对我来说她就是费·唐纳薇。

我们齐聚在麦克的办公室，仔细检查我们的策略。费描述了为了保障音乐会在郡和州级别的安全，她的律师团队正在做些什么。看来，一切所需的更高政府部门的许可都已经得到了。一切都有条不紊，而且是铁定了的。就这些律师的头脑所知，我们的前途一片光明。麦克为今晚的会议再度检查了一遍策略。他问了我一些问题，但我现在全记不得了。我真正记得的是幻想着怎么才能拐上美丽的费跟我一起逃走。噢，我还记得时不时提醒自己，看到她的时候不要口水流了一衬衫。

麦克决定了如果被政务会召问，谁将首先发言，我们每个人都将说些什么。律师们踊跃发言，谈了他们的建议，会议结束时，我们已经准备好了应付镇政务会。

那天晚上八点，律师们和兰挤进兰的一辆加长豪华车，沿着55号公路走了一英里，来到考涅翁加的一间校舍。这是贝瑟尔的一个区，以一个美洲印第安部落命名，这个部落很早以前就被灭绝了，灭绝者很快就自称贝瑟尔人。我单独开着我的别克。

有这样一些时刻，摩纳哥汽车旅馆、我父母、我自己、伍德斯托克和白湖居民的命运悬而未决，此刻便是其中之一，此刻整个小镇的疯狂居民即将拿我的睾丸做耳饰。而我能想到的全都是这个女人。我，一个男同性恋。你想想看？

去校舍的路上很是颠簸，因为这一小段公路布满了成千上万的坑。你以为这千疮百孔的公路足以说服本地人我们多么急需资金？不。他们最关心的是那些嬉皮士会对他们的草地和湖干出些什么，是他们在保护自己不被狂热侵害时有多么无助。

开车前往那间校舍，就好像到了橄榄球赛场一样。这地方团团围着汽车、卡车和数百号人，都在努力想挤进会场。这肯定不会是你寻常所知的贝瑟尔镇政务会议，这种会上四五个怪僻老头出场对任何事情都投反对票，除了在公共汽车里挂帘子；这更像是穿越回塞勒姆镇女巫案审判[1]的日子了。猜猜那些女巫是谁？

"希望我们今天能活着出去。"我悄悄对兰说。

人群之外来了一张友善的面孔——马克斯·雅斯各。"你们好，小姐、小伙子们，"马克斯说，"我们的小会来了那么多人，啊？"

"很高兴看到你，马克斯。"我说。

那座煤渣砖房从前到后塞得满满的。所有的木折叠椅都坐了人，它们生锈的转轴吱吱嘎嘎乱响。房间最后面人们围了三层，边上也站满了人，中间过道人群挤到了一半的位置。房间的法定容量也许最多只有一百五十人，但是这里至少塞进了二百五十人，还溢出到前门外、走廊上，甚至停车场里。

房间前面的讲台上，镇政务会的七位委员，六男一女，坐在长桌边。那些男人是你寻常见到的店主和农场主，一变而为政客——大多是讲求实际的老乡。那个女人是你的精明秘书的类型，她最显著的特征就是没有脖子，头是直接安放在肩膀上的，下面是滚圆的

---

1 1692 年 2 月至 1693 年 5 月间，马萨诸塞省塞勒姆镇以施巫术罪判处了二十人死刑。最后这二十人除了一位以外皆处以绞刑，其中十四位是女性；另有五位死于狱中，其中两位是幼儿。

躯体。

室内的噪声高得令人难受，尤其是因为压倒一切的情绪是愤怒，甚至狂暴。当兰、律师们、马克斯和我走进房间时，噪音升高了分贝。嘘声和欢呼声混杂着，立刻从四下里响起。我们的小组被引到房间前面的一张桌子旁，靠近讲台的底部。律师们和麦克都从文件包里拿出文件夹，放在桌子上。我坐在那里，双手空空，很有点在敌意的人群面前赤身裸体的感觉。幸好，费翘起了二郎腿，一时间室内安静了一下。可是并不持久。几秒钟后，闹哄哄的声响又回来了。

我悄悄地环视了一下房间，测度着人们的情绪。许多老镇民都出山来参加会议——我想，大概只有多人公开绞刑才会有这个效果吧。还有许多潜藏的顽固分子，他们不喜欢嬉皮士和犹太人之类外来者渗透和污染他们那一小片乐土。然而，我意识到有很多好人也来了，情绪为之一振——他们知道，这实际上是本地区每一个人的黄金机遇。从人们的表情判断，投票结果将是六十对四十，支持在前门外那棵树上立刻来一次绞刑。

我一定在颤抖，因为麦克朝我望过来，告诉我冷静。他很冷静。伍德斯托克人很冷静。问题在于民众根本不冷静。

突然，政务会主席拿起木槌，重重敲打桌子。砰，砰，砰，木槌落下。"我现在宣布会议开始。"他拖长声音道。

一个接一个，每位政务委员讲起了伍德斯托克音乐会和埃利奥特·台伯带给他们漂亮小镇的破坏、浩劫和堕落。政务会主席引征了一串法律和规章，宣称伍德斯托克人和那些来参加音乐会的人违反了这些法规。最后，他要求政务会就是否取消埃利奥特·台伯的音乐节和艺术展览会的许可进行投票。不过，在实际投票之前，政务会愿意听听伍德斯托克风险公司的代表发言。

这时，兰对我点头，表示到我说话的时候了。我向政务会要求发言权，政务会主席点点头，于是我站了起来。我正要开口，一群充满敌意的声音尖叫起来："违规了，违规了！"

立刻，房间里那友好的一半叫喊起来，压下了不友好的人。"让埃利奥特说话！"他们对敌意者大叫道。我嘴里还没说出一个字，一个穿工装裤、胡子拉碴的男人站了起来，呼唤撒旦诅咒我，送我下地狱。"降下你的仇恨，惩罚这些长头发恶魔，施予埃利奥特·台伯双份你最可怕的诅咒。"他说。

后面跟随着齐声的"阿门"。

受此鼓舞，白湖的妇女领袖之一扯着嗓子喊出了下面的建议："废掉许可证，一并根除埃利奥特·台伯和商业理事会！然后去雅斯各的农场，把所有非本地居民都抓起来。"

更多"阿门"和许多"是啊"附和着。我意识到，他们距离把绳子扔过一条大树杈，已经危险得只有一步之遥了。我试图获得政务会的注意，这样我才能接着讲话。

砰，砰，砰，木槌再次落下。"安静，大家安静！埃利奥特·台伯将获准讲话。"又有人叫喊我违反了会议规则，而友好的人再一次叫那个人闭嘴，让我讲讲我的道理。

那天我没有时间或者先见之明跑进酒吧，把储存在那里的全部麻醉品和大麻都抽个干净。那个疏忽的后果就是，我人很清醒，没有受毒品控制——因此，也就给吓得七荤八素的。尽管如此，我的开场白还是很强健的。

"作为白湖和贝瑟尔商业理事会的主席，以及白湖'获准成员'中唯一一家汽车旅馆的业主，我取得了法律顾问团的意见，表明我的许可证是合法、有效的，而且没有任何正当的法律依据，来要求取消这次音乐节。我一直在举办我的音乐与艺术节，已经快十年了。……"

听到我的许可证的法律基础，恶意的人群开始用言语攻击我。嘘声和喊声响成一片。我听到几个清楚表达的威胁，但是我想最好——不用说是最安全地——把另一边脸也转给他们。

等喧嚣平息下去，我的灵感忽然源源而来，于是我对镇政务会发表了我的意见。

"你们这些人到底怎么回事？"我问他们，"这个镇子已接近昏睡状态。没有旅游车流，没有生意，没有人为急需的市镇设施缴税。我们正在死亡！难道你们没注意到？一只金鹅神秘地降落在马克斯·雅斯各的农场，它有足够的金蛋养活我们所有人。这个伍德斯托克音乐节是要让我们出名。后面几个星期将有很多人来到我们的度假小镇，也许五万左右。（按麦克的指示，我把数字说小了些。）那是五万兜里装着现金的活人，他们要买东西、租房子、要花销。也许这是个一次性的买卖。如果是，很好，我们都挣到了钱。但是还有更好的，也许这可以是永久性的年度音乐节，就像坦格伍德和爱丁堡。每年我们都会有旅游者和收入。我们可以滋养艺术！你怎么能站在那里对奇迹下诅咒呢！你害怕什么？长头发和新音乐？"

这句话碰到了神经，马上又响起了嘘声和不满之声。我坐下来，

165

把发言权给了兰。野人麦克·兰作了自我介绍，冷静地描述了伍德斯托克音乐节在如何遵守镇、郡和州的一切法律。他承诺将与社区一道，在音乐节结束后修复观众损坏的任何财物。接着他说出了一句不可思议的话："音乐节结束后，我们将赠给贝瑟尔镇两万五千美元，你们可以用于任何合适的地方。"

提到钱，嘘声和不满之声短暂地衰退了。麦克继续讲话，不加渲染也没有情绪煽动。他列举了音乐会对整个白湖和贝瑟尔社区的潜在利益。他强调音乐节正在摩纳哥汽车旅馆和雅斯各的农场建立一个国际远程通讯中心，这样全世界的听众都可以看到音乐节。他解释说知名度对白湖、贝瑟尔镇和沙利文郡来说，将价值数百万美元。它会带来新的生意、投资者和旅游者，将可以引发大多数度假小镇梦寐以求的重生。

充满敌意的小队意识到兰就要得胜了。在他提到梦寐以求之后，质问者跳了起来，把他的声音淹没了。"腐败！黑手党！共产党！伤风化！性变态！"

这时，一位伍德斯托克律师站了起来，略述了这种情形的法律限制因素。他指出，伍德斯托克拥有有效的法律许可，给了他们特定的法律权利。进一步，音乐节已经获得了本郡各个健康和公共集会部门的附加许可。音乐节将满足卫生、健康和安全各项要求。底线是很清楚的。音乐节组织者的行动是负责和合法的。换句话说，不存在任何指控他们的合法主张。对贝瑟尔镇政务会中较明白的委员而言，这就意味着假如他们有任何阻止音乐会的企图，伍德斯托克风险公司将把政务会告到垮台。

最后，马克斯·雅斯各站了起来。房间安静下来。马克斯对众人有那种作用。他从来不说太多话，但是他的谦卑和诚实促使人们不得不重视他。雅斯各描述了他同音乐节组织者相处的经历。他说，他们是直爽而有道德规范的人。他们将兑现对本镇的诺言，音乐会结束时，他们会留在这里，确保一切不出差错。然后他对人群说，农场是他的，他有权利按自己的意愿租出去。没有成文的法律条款限制或者宣布在白湖的公共集会为非法。

马克斯的法律意见引发了又一轮嘘声和鄙夷之声。突然间，会议基调变得更加丑陋。人们开始叫喊："犹太人的贪婪！抵制雅斯各奶制品！"声音在煤灰砖墙上飞迸。现在事情清楚地变得充满恶意甚至有可能很凶暴。镇政务会委员们感觉到了这种情绪，并尽最大努力控制局面。木槌敲了又敲，但是不满之声、嘘声和指名叫骂在继续。害怕会爆发骚乱，政务会主席对听众宣布会议延期。政务会将再次集会讨论下一步做什么，并投票决定埃利奥特·台伯的许可证是否应该取消。"会议结束！"政务会主席喊道。在那些知道伍德斯托克已经得胜的欢呼声中，可以听见更多尖叫和咒骂。

兰和律师们收拾起公文箱，走出了会场，麦克的脸上一直留着一丝微笑。在外面，麦克转向我，笑起来。他告诉我，他从来没有见过这样的非法行为。"但是不要着急，埃利。音乐会一定会继续。他们不能阻止我们，他们也知道这一点。"

"但愿你是对的，麦克。但愿你是对的。"

10
人人都想分杯羹

那称为白湖的小小水域只有半个平方英里。小归小，这湖却颇有些来历，对此我也要贡献一点传奇了。

政务会议之后，反对伍德斯托克音乐节的敌意上升到了新的高度。很清楚，贝瑟尔社区的主要领袖需要鼓励，或者说，需要使他们对音乐节产生热情。很快，我们打了几个电话，开了几次会议，全都做得非常谨慎。然后，一天晚上，有人来找我，要我半夜之后到湖上送几次东西。

白湖四周围绕着树、带露台的房子以及小船码头。寻常夏日里，湖上挤满了船，偶尔还有滑水的人。但到了晚上，所有船只都消失了，湖面寂静而安详。有时，夜里还有雾霭在水面舞蹈。

政务会议之后的星期二晚上，刚过了午夜，我坐在一个码头边的划艇中，等待着第一位信使的到来，他们将每隔十五分钟来一个。

我坐在那里，因惧怕和寒冷而哆嗦着，我能听见湖水拍打船舷的声音。偶尔，一辆汽车的车头灯疾走而过，但是我值夜的大多数时间只是死一般的寂静，除了陪我守夜的蟋蟀和猫头鹰的叫声。

终于，一对车灯打进了码头背后的车道。车门开了又关上。我能听见走近的脚步声，随后一个黑乎乎吓人的身影站在了我头上的码头。我从没见过这个人，将来也决不会再见他的。我点点头，表示他找对了船。他跳进我的小划艇，坐在另一端，面对着我。我们都特别注意不要看对方。我们都是一言不发。

划船并不是犹太法典学校的课程——我们最接近船的一次是诺亚的故事——把船划到湖上绝不是轻而易举的。我的一只船桨卡在了码头的支撑柱之间，差点拔不出来。但是最终我摸到了窍门，把船划到了湖心。在那里我收起船桨，任船在暗黑的水面上漂荡。天上没有月亮，从水里升腾起来的雾霭十分浓密，其间鬼影幢幢的，似乎是那些跟黑手党闹翻而葬身湖底的人。我就要加入他们了吗？细微的声响，有如踩上树叶的窸窣声，回响在周围树林的黑暗之中。我想象有一支狙击步枪在追踪我。我的头随时会被一枪崩开吗？你口袋里装的是枪吗，先生，或者你只是很高兴看到我？我想趴在船底隐蔽自己，或者纵身跳进水里游到安全地方去。但是我没有动手，至少这一刻没有。

雾霭浓密得看不见岸，因此我猜想也不会有人看得见我们。说实话，我几乎是伸手不见五指。我把手伸进脚边的购物袋里，抓起一只厚厚的商用信封。我把信封交给来访者。他什么也没说。我没说什么。没有"非常感谢。和你做生意真好"。没有"代我向镇政务会致意"。没有彼此友好地询问家庭近况或者管事的大头们这些日子相处得怎样。

我默默划回码头。我一到岸边，那个人就跌跌撞撞跳出了船，急匆匆走了。

汗水突然从我的腋窝和后背淌下来。这样的疯狂我能再来四轮吗？我自问。正想着，第二个伍德斯托克赠礼的幽灵现身了，小心翼翼地上了船。这一次，小船沉得更深，于是我意识到他比我的第一位客人重多了。他笨拙地爬到船头，坐下来，面对着我。我悄悄瞥了他一眼，迅速移开眼光，把船划向湖中央浓密的阴暗之中。等我们划出去足够远了，我便伸手从袋子里拿出第二个信封，交给客人，然后快快回到码头。

我到达岸边时，我的乘客站起身，试图抓住码头边缘，把自己托举起来，他几乎弄翻了小船。我抓住划艇两边船舷，想把它稳住。他不顾我的担忧，又试了一次，这一回把船推离码头更远。"该死，靠近些，靠近些！"他哀号道，累得气都喘不过来了。

我试图操纵划艇，可是不知怎的，船给弄得离码头越发远了，他十分危险地给牵拉在码头和划艇之间。"我要掉下去了，你这个蠢猪。把我拉回去，把我拉回去！"他大叫。我抓住他后面的裤带，想把他拉回船里。但是我使劲往回拉我的乘客，船却离码头越来越远，而他的重量往前坠，使他脸朝下，落进了黑暗的湖水里。

那人身体一半在船里，另一半沉到水中，拉着船也要翻过去了。我伸手到水里，摸到什么就抓住什么，却抓到他的后领。绝望之中，我拼命往上拖。不幸的是，领子卡住了他的喉颈，一时间扼住了他。

173

他从水里浮现出来，窒息作呕，发出可怕的声响，就像一个绞得快要断气的人。突然，他的衬衫从钮扣处一路撕开，他又猛地一个倒栽葱落进水里去了，这时候他才完全掉到船外，整个浸在水里。

有那么一小会儿，那人消失在黑暗的水面下。然后他突然站了起来，水淹到他的胸前，他恶狠狠地咒骂我。"你他妈白痴，"他说着，涉水朝岸边走去，"你他妈该死的白痴。钱都打湿了，你真他妈白痴。"等到了岸边，他似乎平静了下来。也许我会听错，但是我想我听见他说："啊，我有点老了，爬不上来了。"一面爬出湖水，朝汽车走去。

"和平与爱，兄弟。"我喃喃道。

现在我已是一个神经紧张的废人。我真想把那袋信封放在码头上，留下一张便条说："拿一袋去吧，祝你生活幸福。"但是伍德斯托克梦想让我留在了船上。

第三辆车来了。车门开了又关，然后脚步声朝我匆匆而来。

"好咧，你就是那个人？"我的最新来访者以耳语问道。

"这个时辰，我还能是谁？"我问他。

"好吧，聪明的家伙，带我去那里吧，不过不要离湖边太远。"仍然是舞台上的耳语。

我划出去一小段路，然后转向，顺着湖岸方向。当我觉得离开码头够远时，我停了下来，收起双桨。

"你要干什么？"他嘶嘶地对我表示不满，"我要你停了吗？继续划。继续划。"他有些狂乱，而神经越紧张，他的声音就越发歇斯底里地嘶嘶作响。其实，我们在岸边比在湖上显眼多了，在湖上我们可以藏在雾里。

我沿着湖岸继续划。"你要我去哪里？这难道还不够远吗？"

"低声<u>些</u>，"他嘶嘶道，"别人会听见你的。不，我不喜欢这个地方。继续划。"

这个家伙具有老鼠的所有特质——瘦、声音尖细、神经兮兮。我们走得越远，他就越是紧张。"我们去那里吧。"他低声道。我继续往前划。"好了，"他说，"停这儿。停这儿！"

我们进入了一个小水湾，头上是遮蔽的树枝。小船漂到离岸不远处一块低而长满草的石头附近。我收起船桨，从我的袋子里拿出另一个信封，递给我的客人。

"不要递给我那个信封，你这笨蛋，"他说，"你怎么回事？有人会看见你的。"

"你希望我怎么做，求一条鱼把它送给你？谁会看见我们？"我问，"这个镇子方圆十英里内，现在还没有全瞎透的两个人就是我们。"

他特意一字一顿地缓慢说道："把……信……封……放……在……舱……底。"他说话的时候，努力不动嘴唇，好像他是个演口技的。"但是注意不要打湿信封，"他又急促又紧张地说，"现在用脚把它蹭过来。"

我照吩咐办，当他弯腰取包裹的时候，仅仅依照为人处世的一般原则，我就恨不能对着他的眼睛狠狠踢上一脚。

"好了，现在慢慢划回码头，就像我们是一对好朋友，在一个美丽的夜晚划船出去兜兜风。"

"哦诶喂[1]。"我压低嗓音说。这家伙需要在二号小屋里待上一个星期，由两个布朗克斯来的喝醉了酒、穿着皮衣的施虐狂侍候。

下面两趟去湖心就没有发生什么事了，感谢上帝。当最后一个人出了船，我等待着，直到听见他的车开走。然后我快速钻进我的别克，马上开回汽车旅馆酒吧，在那里卷了支特大的大麻烟，拼命地吸，直到通通忘记划艇、信封和那些憎恨摇滚乐的疯狂人们。

* * *

一定是空气，或者是星星走漏了消息，或者也许人们就是风闻麦克·兰的垃圾袋里装满了钞票。不管怎么说，第二天，一股肮脏的风吹进了我的旧相识维克托的耳朵，他从前在白湖拥有一家旅馆。维克托走进我的迪吧，向我问候，好像我们是失散多年的兄弟。他要了一份 Tab 软饮料，我给他倒了一杯。

维克托五十多岁，高个子，皮肤晒得过黑，头发银灰，一副有些廉价的好外表。他在一次土地交易中赚了一大笔后逃离了白湖，这次交易证明是他的败落之源——至少在本地是如此。伍德斯托克音乐节之前几年，维克托买了 17B 号公路边上一些沼泽地，花了不到两万美元。巧合的是，就在成交第二天，镇政务会把新体育场的地点选在了那同一块沼泽地。维克托说，他真是惊讶极了。但是，幸运之星当头，他很快把那块沼泽地卖掉了，据说价钱是两百万美元。无论收益到底是多少，都足以引起州府官员的注意，前来调查

1　Oy vey，意第绪语，感叹词，表示沮丧、恼怒或惊讶等语气。

这笔交易，并且禁止维克托在纽约州继续做任何生意。于是维克托隐藏到了沿 17B 号公路西行二十英里、特拉华河在宾夕法尼亚州一侧的某个地方。

永远是谄媚的丑态，维克托现在有了一个新的建议，他相信值得冒一回过界的风险。

"停车场里汽车和卡车可真多，埃利奥特，"维克托说，以此来逢迎我，"你的事情一定都很顺利。伍德斯托克音乐节整个进展如何？"

"很好，"我告诉他，"但是，你也知道，维克托，你不可能每时每刻讨得所有人欢心。"

"是的，嗯，那正是我想跟你谈谈的，埃利奥特。这位兰先生需要的是一个联络小组——几个能跟本地搞公共关系的人，有点像润滑一下起落架，这样音乐节起飞就容易得多了。你明白我的意思吗？我听说他们正在四处砸钱。他需要这种帮助。"

一个联络小组？我想我已经受雇干那个了，于是我把实情都告诉他。

"好吧，我想的更加宽广，对我们两个来说都更有钱赚。"维克托解释说，为了保障本地电力经纪人继续合作，一个本地联络办公室是绝对必要的。

我开始紧张起来。维克托习惯于玩弄文字。他可以把敲诈勒索说得像是特蕾莎修女的善心之举。而维克托此刻就正处在特蕾莎修女模式。

"我们可以为伍德斯托克音乐节充当无价的本地协调人，分享比如两万五千美元的收费。"他说。

"两万五千美元是一大笔钱了，维克托，"我说，"伍德斯托克出了两万五，能得到什么呢？"话一出口，我就觉得太愚蠢了。

随即，维克托露出了他的獠牙。

"好吧，你晓得你持的那张许可证吧，埃利奥特？那张许可证，外加从各个健康和安全部门获得的许多后续许可证，它们都可以被作废、被收回、被撤销，除非——这就是你和我入场的地方——除非伍德斯托克拥有强力的联络小组。

"如果伍德斯托克人不雇用我们，"维克托说，"我敢肯定本地的国民警卫队一定会被调来清理整个音乐会现场的。"说完，维克托喝完了那一大杯 Tab，闪现了一下他的魔鬼般的笑，然后告辞。

"我等你的消息。"他说，一面离开了酒吧。

我飞奔去兰那里，告诉他维克托的威胁。兰永远是平静的，嘱咐我安排一次会议与维克托面谈。

第二天早上，维克托、兰和另外几位伍德斯托克老板在摩纳哥酒吧的涂鸦角落闭门会谈。维克托概括了音乐节现在能得到的整套联络和公共关系服务，代价是五万美元。根据复杂的数学计算，考虑到维克托一边无法预料的开销，我的份额现在减少到一万美元。那些复杂因素包括向蒙蒂塞洛的高官分送资金。

维克托提出计划之后，兰立刻邀请维克托进了他的私人办公室——现在更名为伍德斯托克庄园了。半个小时以后，两个人都出来了。兰显得冷淡、若有所思。维克托似乎怒气冲冲的。我在酒吧里，照一个长得像沃尔特·迪士尼的伍德斯托克人的指示，保持低调。嗯，我看他长得像沃尔特，但他的声音却像梅尔·布兰科[1]，而且他偶尔还像唐老鸭那样嘎嘎叫。

维克托在出去时停下来，说："埃利奥特，你最好给兰和他的人讲讲在白湖做生意的情况。如果他们以为可以削去我们的联络服务，那他们就低估了维克托。如果没有顾问费用，我敢保证绝对没有伍德斯托克音乐节！"

那天上午我一直留神观察麦克的房门。他的保时捷汽车和哈雷摩托车都停在办公室门口，就是说他没有远行。窗帘拉上了，但是灯光亮着，我还能听见音乐在放。离中午还早，一辆加长豪华车来了，停在保时捷旁边。没有人从加长车里出来；车就那么停在那里，就像什么巨兽在休息。突然，维克托开车进了汽车旅馆。他下了车，对我共谋似的点点头，好像我们站在一条战线似的。我只是面无表情地看着他。麦克从办公室出来，两个商业代表陪同。然后，麦克、两位随从和维克托都进了加长车，开走了。

几个小时以后，加长车回来了。维克托咆哮着出来，对我做了个古怪、威胁的表情，钻进他的车，车轮吱吱冒火地逃掉了。麦克出来，向我做了个胜利的手势。我冲出去，两人拥抱在一起。"一切都好极了，"麦克说，"没什么可担心的。我们给维克托正了下鼻子。伍德斯托克一定会开的。放松些，乖乖。"

我们再没得到维克托的消息。但是丑陋之事却还没有停止。

1　Mel Blanc（1908—1989），美国配音演员、演员。他为无数动画片配音，是配音界最有影响的人物，被誉为"拥有一千种声音的人"。

＊　＊　＊

第二天，几个穿黑色套装、一口浓重意大利口音的纽约绅士走近我，要求租用长舌妇煎饼房。他们出两千美元租两个星期，或者说到音乐节结束。长舌妇煎饼房一个星期最多也许能收入六十到七十美元。我必须承认，我心里还是有一部分担心，等伍德斯托克音乐节一过，我们现在挣着的钱就要蒸发消失。我们将回到麦克·兰和他的人马到来之前的状态——乞求顾客，极度缺乏资金，钱从每个孔、缝里漏掉。一直到麦克来之前，我每年都将八千到一万美元的工资投入汽车旅馆。十四年下来，那是很大一笔钱，特别是在那些日子。我需要尽最大努力避免落进那同一个洞里，我们在其中生活太长时间了。我的脑袋说，把长舌妇煎饼房给他们两个星期吧，在伍德斯托克梦想结束前尽可能多挣些钱。但是我的内心和情感告诉我需要谨慎。这些人不是嬉皮士，也不是值得尊敬的商人。这些人是危险的家伙，我应当仔细留神。不幸的是，老习惯顽固得很，我的脑袋胜出了。

"好吧。"我说。一个家伙递给我现金，我们握手。我甚至没有拿到任何书面的东西。

第二天，半打名贵的黑色汽车和几辆卡车开到了长舌妇煎饼房门口，开始卸下成箱的食物、饮料、厨房用品、盘子——普通的餐馆物品。但是随后来了些标着"墨西哥"和"波哥大"的箱子。这些家伙在往长舌妇煎饼房运东西，看起来就像一部芝加哥黑帮电影里的老一套。他们肤色黝黑，肌肉强健，说穿了，就是外表吓人。

180

他们在那儿干什么呢？我很好奇。

我走近像是头目的那个家伙——他五十多岁，满头银发，甚至笑起来都很是凶恶——说我想从餐馆里拿点东西。"不行，"他告诉我，"我们有租户的权利。"老爸也做了一次尝试。他告诉那人，说想去修理厕所里的管道。"不用担心，我们会修的。"那小头目说。

我很不喜欢这种感觉——一点也不——我不知道这群强盗打算干什么。卖毒品？毒品到处都是——而且大都是免费的。我回到那头目面前，说我想取消我们的协议，而且愿意全额退款。

"啊，那是不可能的，"那小头目说，"现在，餐馆关闭，因为正在装修。如果你想吃煎饼，那就快滚蛋吧！"我非常礼貌地问他方便的时候能否来我的办公室，谈谈餐馆的事。

几个小时后，那小头目和他的助手，一个弗兰肯斯坦式的人——又高又黑，非常强壮——走进了我的登记室。他们的话很明白，既然预先付了两个星期租金，那就是他们期望得到的。老爸坚持说我们对我们物业上发生的一切负有责任，又说我们将检查餐馆。他们拒绝让我们这么做。

我突然想到，这些人并不是跟我做交易的那帮人。"我最初跟他说话的那个人在哪里？"我问。

"噢，约翰尼？他被召到西西里，参加重要的执行计划会去了，"那头目告诉我，"我们买了他的租约。你想看我们的买卖账单还是怎么的？"

"约翰尼？"我问，"我想他叫汤米。"

"不。我们不认识什么汤米。"

我试图提出理由，说我从来没有跟他做过什么交易，我们的协议是跟汤米的。突然，"弗兰肯斯坦"大发脾气，抡起拳头，给老爸来了一家伙。我绝非受过训练的拳击手，一点也不懂空手道或者自我防卫——在弗拉特布什区的米德伍德高中体育馆，我甚至连绳子也爬不上去。但是我身高六英尺一英寸，还超重三十磅，而我充分利用了我的块头。我朝两个打手挥拳打去。随后我看见老爸滑倒在地上，于是我发狂了。妈妈听见响动，拿了爸爸的棒球棒冲进来。妈妈利用了她的身高。她四英尺十英寸，特适合攻击下三路，她把这两个歹徒的腿都打瘸了。我们三个猛揍他们两个，妈妈造成的破坏最为可观，这还得感谢爸爸的球棒。那两个人一路咒骂着跑出了登记室。

我们叫了贝瑟尔镇的警察。几个剃平头、戴太阳镜的突击队员来到我们的登记室，问了我们一些问题，然后跟那个小头目谈了一会儿。他们随后告诉我们说是我们自己的错。是我们招来嬉皮士入侵白湖的，随他们而来的问题是我们自作自受。我们就应该忍受它。

妈妈、爸爸和我马上开了一个执行会议，决定长舌妇煎饼房在那些歹徒占据期间禁止入内。如果我们潜伏不出，也许他们也会这样。此外，我们推测，他们可能只是要卖毒品，而在这种环境中，就像在北极卖冰块一样。尽管如此，到8月18日贝瑟尔回到其休眠状态，而长舌妇煎饼房也回到它原先的情形——死冷，空空荡荡，很可能在挂牌出卖——为止，我们将远离煎饼房。

除此之外，还有很多别的事情要操心。

＊ ＊ ＊

音乐会门票被音乐商店、音乐会票商、店铺、报摊以及无穷无尽去听音乐会的个人购买。但是，门票销售额尽管十分庞大，却远不足以反映聚集在雅斯各农场的人群规模。

一个中等大小的城市开始形成于马克斯拨出来给音乐会的那片草地上。如今几万人在那里转悠、演奏音乐、躺在被单上、睡在帐篷和他们的汽车与面包车里。各种肤色、各个族裔、各种宗教和种族背景的人走到一起，共同创造出一片人的海洋。报纸上发表的航空照片立刻让人心生敬畏，感到惊恐。人口聚集的广度和密度简直令人难以相信照片是真的。

为了防止人群毁坏马克斯的整个农场，伍德斯托克工作人员绕着音乐会址竖起了篱笆。但是人群正在急剧扩大，显然篱笆撑不了多久。到 8 月 5 日，每个人都意识到最初预计的五万至七万五千人十分可笑地差得太远。警察估计到 8 月 15 日音乐会开幕时，至少会来二十万人，而且这个数字也许会上升到五十万。

总体来说，人群是和平的，但是也有小冲突、争执和几次打斗，这一切都在质疑已有的安全措施是否到位。伍德斯托克风险公司本来已经建立了一支安全力量，是为管理小得多的人群而设置的。如果人群变得愤怒或者凶暴，唯一有能力维持秩序的将只能是国民警卫队。我们都开始意识到，我们正坐在一座休眠的火山口上，如果操控不当，它将把这个地区毁掉一大半。

随着人群越来越庞大、越来越可怕，白湖对台克伯格家的憎恶也变得越发强烈。恶意的破坏行为现在天天都有了。人们开车经过，把装满粪便的垃圾袋扔到我们的产业上。晚上，大量马粪高高堆集在新命名的费·唐纳薇侧厅和许多平房的门口。经过的汽车常常扔出石头，窗户被打坏是经常的事。重要设备——比如我们新买的剪草机——被偷盗。破坏者晚上偷偷溜进来，往游泳池里倾倒红色染料，把池水变成血的颜色。汽车旅馆的外墙上经常被喷上诅咒的言词和威胁。我们被围困了。

所有这些活动对老爸有一种奇怪的效果。随着伍德斯托克人群越来越大、本地人越来越充满敌意，他竟然越发强壮和富有活力了。与敌意的镇民的战斗激发了他的斗志。这是某种奇怪的补药。现在他拿着棒球棒在地产里四处走动，那份骄傲我以前从来没有见过。成群的年轻恶棍定期出现在我们的地产上，给我们发出威胁。大多数遭遇不过如此了——威胁而已——但是有几次也发生了肢体攻击。

一天，老爸为这天的冲击预先做了准备，他跳进他的绿色小载货卡车——门上印有白色字迹，"白湖房顶公司"——把它停在我们的登记室外面。这辆卡车的拖斗上有座沥青炉。老爸点起了炉子，加热沥青，做好了准备，这时一群恶棍靠近了登记室。他把拖把伸进沥青里，威胁说如果他们胆敢再靠近登记室一步，就要给他们抹上这滚热的东西。然后他把一个平桨搅拌器伸进沥青里，用它来向那群人抛掷沥青球。他向他们投射沥青块时，你真该看看他大笑的样子。把他们赶出地产，向他们后脑勺发射沥青时，他多开心啊。

就是这个男人，他一辈子佝偻着腰，耷拉着肩膀，一副败落的样子，不只是因为生活的挑战，还因为每天申斥他的老婆。现在他是城堡之王——一座住得满满的城堡。他每天带着成袋的现金前去银行，汽车旅馆终于有了盈余。现在当满载心怀敌意的白湖人的汽车经过，而他们嘲弄他时，他会朝停车场里的汽车和登记室前的"客满"标牌做个手势。他想要整个白湖知道我们干得非常好。有时候在街上遭人骚扰，他只是站在那里，把棒球棒在手心里拍着，好像在说如果他们有兴趣，他很愿意跟他们较量一番。

老爸还要管他的份额以外的打斗。一天下午，两个男人走进我们的地产，扬言我们如果不关掉音乐会的话，就要当场取我的人头。一个歹徒拿着根铅管，开始在头顶上舞起了大圈。我叫他离开，但是他反倒朝我逼过来。我四下张望，想找一件武器，但是周围什么也没有。突然，老爸不知从哪里冒了出来，手里抓着棒球棒，样子非常像棒球传奇人物米奇·曼托，出现在拿管子那家伙背后。两个歹徒都没有看见他。老爸挥得很低，就像一个优秀击球手在击打变化球。球棒的最佳击球点打中了那家伙的腿肚子。叭！就这一击，那歹徒痛得在地上直打滚。另一个歹徒突然转向他的同伙。但是在他反应过来之前，我朝他扑过去，一拳结结实实打在他下巴上。两个人爬起来，急急跑掉了，一个瘸得厉害，一个捂着半边脸。老爸笑着走过来，眼睛闪着快乐的光芒。他把手搭在我肩上，说："你看，你看，我们让他们晓得了不能跟台克伯格家捣乱。"我们都大声笑起来，为我们挺过了这次攻击松了口气，而且非常、非常自豪。

在我和爸爸之间，陌生而奇妙的事情在发生。我们一生中第一次，彼此之间产生了对一个男人的尊重。我们以前从来没有一起笑得这么多，拥抱得这么多。我们真正开始互相欣赏了。但在这一点上，我们是有人帮助的。

伍德斯托克最大的好处——这个好处，就我所知，从来没有人写过——是性的多样性。各种性取向的人都来到了音乐会上，且人数极大。对我来说更重要的是，很多人都到摩纳哥来。一天，来了一位名叫维多利亚的性治疗师，她给了我她的名片。她以提供服务来换取一个房间。妈妈把她赶出了旅馆，不让我们讨价还价。但是即使妈妈也没有办法阻止这地方充满男女同性恋和性取向不明确的人。

于是，八月初的一天，乔吉特来了。

她驾着一辆喷了荧光涂料的校车。花艺术地与蛇纠缠在一起——后者显然在发情。校车是 DayGlo 艺术的杰作，但真正的艺术作品却是乔吉特本人。她打开校车车门，三百磅的她走下阶梯，就好像正在走上百老汇的舞台。

乔吉特穿着琼·阿利森[1]式样的女装，齐肩的长发天真地扎着丝带，乔吉特她就是拉拉皇后。她原本来自法国，但至今已在美国生活了二十年。她的声音带有法国口音，柔软、滑顺，而且轻弱，就好像从她嘴里出来之前，先通过柔软先生牌冰激淋机过滤了一番似的。

乔吉特不是一个人来的。和她做伴的是三个颇有英雄色彩的女人。米莉穿着镶褶边的女装，上面带有雏菊和打着精巧的结的缎带。然而，汉克和幼幼却是一身粗豪的卡车司机装束，穿着格子花呢衬

1　June Allyson（1917—2006），美国舞台、电影、电视演员，舞蹈演员，歌手。

衫和建筑靴。

乔吉特的巴士也不同一般。后来才知道，它是一个移动的禅定冥思和全身治疗中心。在 1969 年，美国并没有多少佛教徒开着自己迷幻的冥想治疗殿堂到处跑，这只会增加这个女人奇异的吸引力。

我很抱歉地告诉乔吉特我们已经彻底订满，一英寸空余也没有了。没问题，她对我说。她需要的只是给她的巴士一个停车位。

唯一剩下的地方在畜棚剧场的背后，紧挨着后墙，跟地板一样，后墙倾斜得十分危险。在这里她完全可以停上一个月左右。其实，她的巴士也许还能撑着那堵墙，免得垮塌呢。于是，这轮子上的殿堂获得了白湖不动产不那么抢手的一小块。这也许是有史以来第一辆出现在沙利文郡的女同性恋禅宗寺庙。

这四个女人一旦在我们的地产上扎下营来，她们的存在所带来的祝福就开始显现。首先，她们对她们的性偏好毫不隐瞒。她们甚至在沼泽地闲谈女权主义、女同性恋关系以及同性之爱的神话根源。有如此志趣相投的人，我不觉大喜过望，立刻退了她们的租金，邀请她们安下心来，再也不要走了。

乔吉特和她的朋友们在性事中也融合进一定程度的认同与和平，这是我从未见过的。不像典型的男同性恋，他们被迫避开其他男人才能显露其性取向，乔吉特的一举一动都在宣扬她的女同性恋取向。见到乔吉特不过五分钟，人们就知道她是同性恋了——甚至那些最不肯承认的人。同时，乔吉特对每个人都很友善。她不生气；她不需要向其他人强行灌输女同性恋主义。相反，她对她的性取向是完全坦然的，这也让其他人变得轻松。对于一个终其一生待在柜子里的 gay 男来说，她是一位伟大的教师。而她又是女人，向她学习也因此容易一些。有时，我会为那些对自己的性取向轻松坦然的 gay 男所吸引，而这立刻把事情弄复杂了。但是我可以注视眼里毫无掩饰地流露着性渴望的乔吉特。她是一个伟大的母亲形象、一位尘世的女神、一位拥有神奇能力的女性，深知做你自己的重要性，正如她精通佛法和康复艺术一样。

自然，所有这些特点让乔吉特成了摩纳哥旅馆同性恋人群的中心。人们聚集在她的周围，主要是因为他们可以自由地做真实的自己。其实，没有任何公开的努力，她的存在本身就让人不由自主了。她如此诚实、如此敞开、如此放松，你只得跟随她，表现得和她一样了。

也许比什么都好的是，乔吉特和她的三位朋友从不掩饰她们喜爱我。在这些强壮、勇敢、诚实的女人眼里，我不单可爱，而且天性善良。她们并不视我为犹太人、肥、丑、同性恋——所有这些事情，我多年来经常因为它们遭人拒绝。她们把我看作某种英雄，在伍德斯托克这个巨大的、旋转的、无法控制的奇迹里的英雄。

一天，乔吉特和我在她的巴士外私下闲谈。一株沙沙作响的松树的阴翳下，我们隐藏在草坪折叠椅里，十分惬意。

"有个好消息给你，埃利奥特。"她告诉我。

"哦？是什么？"我问。

"昨天晚上，女孩们和我从你身上除去了一道诅咒。"

"你们做了什么？"我问。

"我们从你身上除去了一道诅咒，埃利奥特，"她说，"那道诅咒让你不能做你自己。"

"我没闹明白，乔吉特。你的意思是？"

"你被过去什么事情诅咒了，"乔吉特说，"那诅咒使你痛恨自己。我能从你的气场中看到它。在你的后脑勺周围有黑色能量，顺着脊背下去也有。它阻碍你接纳自己，阻碍你拥抱和接纳你的真实自我。女孩们和我昨天晚上聚在一起，我们把它除掉了。现在黑色能量正在离开你，很快就要完全散去。也许会花上一点时间，但是现在你会变得越来越快乐。你不觉得已经轻松些了吗？"

"跟你在一起，我总是感觉比较好，"我说，"但是我想，我一直就觉得被诅咒了。我甚至还给它起了个名字。我叫它台克伯格诅咒。"

"是的，你的确对这东西有一种直觉。但是既然那诅咒已不再控制你，你将能够意识到你真实的精神潜力。"

"嗯，那很好，"我说，"但我是无神论者，乔吉特。"

"在佛教中，我们说，不存在高高在上的上帝。我们说，有生命，而生命一直延续直到无穷。我们相信生命是一所学校，我们不停地回来修课，消除我们的业。业只是因果的另一种说法。如果你种好因，你就在制造好的业。如果你犯错误，或种恶因，你就在制造艰难的业。你已经种了很多好因，埃利奥特。只要看看你周围，看看你帮助创造的，就知道了。这是非常好的业，我的朋友。而现在就是除去那诅咒的时候了，不是吗？"

"是的。"我说。我从草坪椅里爬起来，拥抱她。泪水从我脸上流下。是什么因缘将这位女神带进了我的生活？一时间，对台克伯格诅咒我怎么想，或者我是否已经摆脱了它，都不再重要了。她已经看清我了，甚至我最幽暗的部分，而她爱我。那就已经有足够的药效了。

那天我和乔吉特聊过以后，我开始越来越想向父母交个底了。我想告诉他们我是同性恋。我需要告诉他们——以及世界——我到底是谁。只是我得找一个合适的时机。

同时，一件奇怪的事开始在我眼前展现。老爸和乔吉特成了极好的朋友。实际上，这两人彼此着迷得不得了，他显然非常喜欢待在她的周围。他们开始私下在一起了。我会在去巴士的路上发现乔吉特和老爸在一起，他们坐在她的草坪椅上，闲聊着打发时间。让我惊讶的是，这两人似乎谈得十分亲密。我常常看见他们一起大笑。另一些时候，我看见乔吉特安静地对老爸讲，而老爸不停地点头表示同意。多么奇怪的景象——我一辈子从没见过老爸跟谁亲密地交谈过。但是这里他和乔吉特在一起，说笑话、倾听她、点头同意，就好像他们在交流着什么深奥的真理。任何时候我看到他们在谈天，我都会悄悄溜走，不让他们发现。

最奇妙的是，乔吉特、老爸和我在一起的时候，父亲会通过他的神态或者，如乔吉特所说，通过他的气场，向我传达些什么。我决不会弄错：老爸在向我发送爱。他变得温和，充满骄傲地看着我。那整个夏天他都是这么做的——或者说，自从麦克·兰和他的伙伴出现以后。但是只要我们两个跟乔吉特在一起，他就显得特别富有爱意。起初，我还没看出在发生什么。毕竟，老爸越来越老了。但是随后有一天他对我笑，我就意识到他知道了我是同性恋，而他爱我，为我感到骄傲。

我不能承受。我到二号平房去，在那里坐了很久。事情变化得太快，我简直跟不上我的变化了。那个旧"我"，不管他曾是什么，正在我眼前慢慢融化。这个新"我"是谁呢？我不能准确说出来。我感到更安定，更有把握，心绪更加宁静了。在1969年那个夏天，我生活的各个侧面都发生了变化。而现在则是这个变化——我和老爸视线接触时，他眼中的神情。在他眼睛的深处，我还是那个小男孩，跟着父亲铺房顶，总是希望他看见我干得多卖力。而现在，伍德斯托克，一股音乐和力量的猛烈旋风，已经把我们的小镇卷了进去，改变了我们每一个人。

甚至妈妈也在变。自然，她高兴极了，数现金，存上一些，再把更多的藏到她的秘密去处。她忙着数钱，甚至没有注意到整整四个安息日来了又去。公平地说，对我们而言这是新的经验——存钱而不是借钱或者延长贷款。旅馆住满也是一种新的经验，虽然旅馆也许住进了可以合法称作满员的三倍人数。

现在，妈妈唯一的问题就是在她最新的繁荣和全能的神之间协调关系了。为此，她不得不改变了每晚她与上帝最后见面时的话题。通常，她会讨论孩子们的生活、我父亲的生活、她的各式各样的生意冒险以及她自己的生活——那一时刻，她正在努力控制的任何事情。但是现在，这么多钱流了进来，甚至在安息日——这一天犹太法律禁止处理金钱——也不例外，于是她不得不与全能的神讲和了。隔着登记室和她的卧室之间的夹合板薄墙，我能听见她的声音。不管讨论的是什么，她通常在与上帝一夜的争论之后，以许下同样的诺言作为结束。

"神啊，我知道你会原谅我在这几个安息日收钱，因为这是我最最急需的日子。我知道如果你不愿意帮助我们，就不会把这个音乐节送来了，所以我每天都在工作，表达我的感激。诺亚不是在船上天天工作，一连干了四十天吗？等你给我们送来的音乐节一结束，我会做一个大大的奉献，还要叫埃利去会堂，做祷告，吃洁净的食物，找一位正派的犹太妻子，行为正常！谢谢你，神啊，谢谢你挽救我们免于毁灭。"

哦诶喂。好吧，这么说她恐怕还有一长段路要走噢，尤其是到了承认她儿子已是成年人，有自己的生活，而挽救这个生活已不再是她的责任的时候。但是我很早就学会了对母亲保持现实的期望。而她在改变。甚至我都不得不承认这一点。

也许是因为现在钱已经很多了，或者是因为从伍德斯托克人群中放散出来的心灵感应，或者是每天晚上流过建筑群的成团的大麻烟雾，也许是因为所有这些，总而言之，妈妈绝对是变得越来越有人情味了。她不那么声音刺耳了，不那么把钱抠得紧了。我从来没有见过她如此放松，而且时常对人表现出真正的慷慨——至少跟她以前相比。她不再为每一块肥皂或毛巾收费了。对她来说，这是某种奇怪形式的慈善。从内心里，我对这个变化大为惊异。我只希望在音乐节结束以后，它会延续下去。

但是，只有当人们相信他们的所有多于所需的时候，慈善才会存在。而这个丰足的感觉很快就要遭到威胁了。

* * *

就在 8 月初，我们意识到了一个严重的问题。我们的食物很快就要消耗尽了。我给批发商打电话，明确要求他们送来几十车瓶装水、快餐食物、苏打饮料、热狗和其他必需品。等那些分销商止住笑，意识到我是认真的时，他们就要求我预先支付货款。我在供货者那里没有建立任何信用。而且，这样大宗地订购食物，我没有任何经验，不知道是订得太多还是太少。同时，麦克满脑子都在想着伍德斯托克的需求。他正在与纽约的金融中心沟通，筹措所需的经费来喂养、保护、提供卫生设施给伍德斯托克风险公司现有的庞大而无法预料的听众。老爸和我反复讨论，决定购买两拖车苏打水、两拖车食物，再要求五十辆拖车的水和食物待命比较好。结果呢，人群变得如此庞大，食物供应如此短缺，我们本来应该订购五十倍那个数量的，而且还需要更多。

这座不停发展的嬉皮士城拥有彻底毁灭贝瑟尔镇的力量——贝瑟尔上上下下也都知道。确实，这一点把镇民吓得心底发凉。但是嬉皮士也有力量做出真正不凡的事来。我们谁也不知道会发生什么，而且，说实话，我们都是两腿战战兢兢的。

11

化险为夷

音乐节开幕前的最后十天，空间和时间开始表现得奇怪而不可预测。空间缩紧了；时间感丧失了。现实，至少是贝瑟尔居民享有的现实，已经被这种反传统文化占有。现在一切规则都不一样了。

伍德斯托克证明了只要数量足够大，人们便可以行使他们本来并未享有的自由，尤其当那些自由不伤害任何人的时候。来伍德斯托克的年轻人公开抽大麻烟、吸其他毒品。他们在大庭广众之下脱掉衣服，在塘里和湖里裸泳。他们到灌木丛中做爱。有时候他们连灌木丛也懒得去。男人和女人接吻；男人和男人接吻；女人和女人接吻。到处都有很多人聚在一起接吻。这些事情他们干得太多了，多到难以理解的程度。

大多数来伍德斯托克的人留在雅斯各的农场，但是还有数千人在贝瑟尔和白湖游逛。到处是人，成群结队沿着17B号公路向马克斯的农场走去。他们一起走在贝瑟尔的街道和人行道上。你一抬腿就能撞上成百上千的嬉皮士；没有任何地方可以避开这次活动，它正在我们眼前展开，改变了我们的生活。世界已经来到贝瑟尔，其效果既无法抵抗又让人迷惑。

幽闭恐惧症成了一个压倒性的问题。本地人习惯了露天场所和日常生活的宁静安祥，这给予了他们安全感。伍德斯托克之前，镇里的杂货店铺习惯了一次进去一两个人。同时有十个人在店里就有点类似于骚乱了。现在却是几百人在排队购买食物、水、饮料、卫生纸和肥皂，而且还有几百人在来的路上。

当然，价格已经冲上了天。水卖到五美元一瓶。面包、午餐肉、苏打水和牛奶都变得越来越昂贵。食物快吃完了，其结果只能是让人更加恐惧，对某些人来说，更加歇斯底里。

一个团体——养猪农场，一个成立于1960年代初的公社——实际上在提供免费食物。显然，麦克·兰和他的合伙人曾要求公社的组织者，一位名叫威维·格雷维的男人，帮助维持音乐节的安全。格雷维同意了，还设立了一间厨房，为音乐节参加者提供食物。后来，这个农场吹嘘说它曾经"为四十万人提供床上早餐"。毫无疑问，这些食物有助于维持和平。

在摩纳哥旅馆，我们亲眼见过食物短缺会带来什么危险。那个星期，老爸和我订购的两卡车食物终于运到了汽车旅馆。我们刚把食物卸下来，音乐会场就有人传言食物运来了。不到几个小时，一群几百人的暴众就到了旅馆，他们冲向卡车，准备拆掉车门，见什么拿什么。老爸赶到车旁，猛地打开后车门，给人群看两辆车都是空的。你可以感觉到流过人群的失望和愤怒。老爸和我都不知道这些人下一步要干什么，但是我们一下子想到了他们会冲进汽车旅馆，拆掉一切直到找到食物为止。

突然，一个带吉他的年轻人一辆卡车的顶棚上，坐下来，开始唱鲍勃·迪伦的经典歌曲《随风飘荡》（Blowin' in the Wind）。感谢上帝，这孩子很会唱。他的声音高亢又清澈。

人群仰望那男孩，表情混合着惊讶与敬畏。然后每个人都发生了变化——他们的愤怒消融了。你可以看到他们的肩膀放松，身体不再紧张。很多人笑了起来。还有人加入了歌唱。不到两分钟，激动的情绪消失了。有些人彼此搂着。别的人安静地走了，很快，人群平静地散去。音乐温柔的力量是不能否认的。

幸运的是，食物问题并没有演变成灾难。伍德斯托克合伙人做出安排，用直升飞机运进食物、水和其他必需品——这是进入白湖唯一的快捷方法。17B号公路上的汽车和卡车都在缓慢蠕动，如果它们还在走的话。

摩纳哥汽车旅馆每一寸地都租出去了。我们甚至租出了沼泽地，人们可以在汽车、校车和面包车里露营。许多倍的人群被塞进了房间，塞进了老爸和我把零碎空间改装成的房间。现在已有五百多人住在摩纳哥汽车旅馆，甚至连我都不知道把他们安置在什么地方了。

老爸和我把饮用水灌进游泳池，然后在整个建筑群到处设置水龙头，这样人们需要时可以进来取得免费饮水。真是奇迹，我们的四眼泉水井和各自的抽水机一直在运转，尽管每天都有本地人威胁说要给水下毒或者毁坏抽水机。我们向任何想要洗澡的人开放游泳池浴室。肥皂，跟其他基本生活用品一样，早就用完了。

出于必要，我们把摩纳哥旅馆改成了一个权宜的急救中心，因为有成百的人带着伤口和淤青前来求助，或者吸毒过量，需要一个安全的地方恢复。我找出旅馆库存里的每一条毯子，跑出去包裹那些狂饮后醉倒的颤抖身体。老爸和我在旅馆建筑下面的管道室挖掘壕沟，做成急救"床"。人们，大多数是年轻人，不知从哪里冒出来，帮助我们处理那些醉酒的和意外受伤的人。我们有一个不间断运作的伤员分配中心，但是如果老爸和我分不开身，三四个人就会出现，去照顾任何需要救治的人。

我们每天都接到急得发狂的家庭成员从全世界打来的电话，问我们是否看见过他们的亲人，因为他们关掉电话线路太长时间了。我们的生活已经被那一刻必须处理的事情完全占据了。我们屈从于这个新现实的要求，它逼迫我们尽最大努力帮助那些需要帮助的人。伍德斯托克有它自己的生命力，有自己的规范，威力强大到超越我们最疯狂的梦想。贝瑟尔每一个人都知道他们已经失去对各种事件的控制。很多人愿意驾驭这风浪，但绝大多数只是纯粹的恐惧。

自然，镇民最害怕的是这些嬉皮士会暴乱并荡平贝瑟尔。谣言在流播，说雅斯各的农场上正在发生无法形容的暴行。地狱天使四处游荡，有人说，他们盗窃人们的钱财，犯下强奸和杀人罪。嬉皮士在搞群交。每个人都喝得烂醉然后发狂。狗和猫彼此在乱搞。这全都不是真的——好吧，至少所谓暴力的谣言不是真的。但是这些谣言足够在本地人中间点燃恐惧，打破他们的底线。

对我来说很清楚，如果事情变得糟糕，我们将需要更多安全人员保护摩纳哥。我们所有的就是老爸、他的棒球棒，还有我。妈妈，尽管她在打黑手党时干得不错，在骚乱中却是不能依靠的。她能做的最多就是对人们下一个古老的俄国诅咒，但要见效却需要时间。我们需要一两个士兵。可惜，我们没有一个可以依靠的人——就是说，直到维尔玛出现。

8月初的一天，我在暴雨中出了我的登记室。就在我面前，站在透湿的泥土和青草里，是一位高大强健的女人，她打着把黑色的大雨伞，直盯着我。她至少六英尺二高，穿着亮片装饰的黑色衣服、网眼袜和高跟鞋。她的妆厚得你可以刮下来贴墙纸。她的假睫毛就像两套黑色的牙齿。她的假发堆得很高，用漆筷子固定起来，喷上发胶后如此坚硬，跟布里洛[1]大有一拼。

我没有见过她登记——相信我，不然我是会记得的。我也盯着她看，注视着，她的高跟慢慢陷入泥土中。她让我想起了玛琳·黛德丽[2]，只是多了一点睾丸激素而腰粗多了。不过，她还是十分漂亮的。她的眼神没有退缩。确实，它似乎在向我招手。

"让我自我介绍吧，"她说，"我不相信我们见过面。"那是什么口音——俄国、德国、新泽西？所有这三种的混合，我认定。"我是维尔玛男爵。我已经观察你好几天了。你看起来不像高尔夫球车类型的男人。你是做什么的？"

"我是业主。"我告诉她。

"啊，有产男人。我知道你比球童（caddie）强，但还算不上

1　Brillo，钢丝绒清洁用具的专利商标。
2　Marlene Dietrich（1901—1992），德国女演员、歌手，在近七十年的演艺生涯中持续自我革新，一直很受欢迎。

无赖（cad）。我来这里是为你效劳的。看起来你是个能够欣赏我的男人。"

她说着，从雨伞的手柄里拔出一条很大的皮制九尾鞭。我不知道如何反应。我从来没有跟女性施虐狂有过瓜葛。

"也许你还有个穿皮衣的兄弟？"我笑着说。

"我可以让你乐到极点。"男爵说。说着，她分开亮片装，给我看她的秘密。她是个男的！

维尔玛也许是有史以来第一个涉足白湖的异装癖。我是不容易受惊的——说到性，这我差不多都见过——但是我必须承认维尔玛着实吓了我一跳。虽然我并不完全理解我的反应，但我显然应该拒绝她的提议。也许在另一场合我会感觉不一样，但是这些天，我正处在某种奇怪的转变之中。我俩之间并没有打算有性事的，我解释道。

维尔玛失望了，但是她表示理解。她叹了口气，然后说："好吧，也许你觉得我们去喝杯冷饮不错。那是你更想要的吗？"她问。

"那没问题。"我告诉她。

我们来到维尔玛的房间，她有一瓶冰凉的可口可乐和几个纸杯子，她给我们都倒上了。我们一边喝着可乐，维尔玛一边讲一些有关她的背景的事。她其实是一位中士，二战期间在乔治·巴顿将军麾下服役。她甚至给我看了一组照片以作证明。当然，她穿上军装显得大不一样，但是那无疑是她。她现在已经做过八次祖父，又是一位异装癖，偶尔还做做娼妓。

"你真是个能启发灵感的人。"我说。于是灵感撞上门来了。

"维尔玛，我这里需要一些，呃，强壮的人帮忙，"我告诉她，"因为我把伍德斯托克带到了贝瑟尔，本地人对我很生气，他们时常出来找茬儿。到现在为止，我老爸和我还能把他们挡开，但这以后可能就有点冒险了。你没有其他事情忙的时候，能不能帮我们各处巡逻巡逻——就是说，做做保安？"

"我很荣幸，埃利奥特。"她告诉我。

我们两人握手，而维尔玛几乎把我的手捏碎了，这似乎证实了我的决定之英明。

巧了，维尔玛和我走出她房间时，看见两个年轻无赖在费·唐纳薇侧厅的外墙上画纳粹党徽。我们赶过去阻止他们，但是我们还没到，一群嬉皮士就在袭击那两个朋克了。"你们在干什么？"一个嬉皮士尖声叫道。"怎么会有这样的仇恨？"一个嬉皮士夺下了艺术家手上的画笔。有些人往前推搡，后面的事就是，嬉皮士把那两个歹徒扭到了地上。老爸在现场推波助澜，他手上拿着棒球棒，指挥着这次痛打行动。然后，他让那群嬉皮士放开两个搞破坏的家伙。"给我滚出去，"他对他们说，"不然，我就把这根球棒插进你们的眼睛。"

我转身对维尔玛说："知道我的意思了吧？我们需要帮助。"

"埃利奥特，我会睁大眼睛、手拿鞭子的。"

"谢谢你，维尔玛。我已经感觉好多了。"

* * *

星期一，8 月 11 日，打早就是个明媚的夏日，天空明净，湿度很低，空气中充满闪亮而滋养的能量。谁会扰乱这样一个早晨？我想。而接着就得到了答案。贝瑟尔镇政务会五位委员和两三个本地商人开进了我的度假村，直奔我的小小登记室而去。他们都是一脸严肃——不大高兴而又神情坚决，越靠近登记室这种姿态就越强烈。

八九个年轻男女把我们的前门堵住了一半，他们都包裹着毯子和睡袋，睡得沉沉的。那些政务委员跨过、绕过、从中跳过那些嬉皮士，充满厌恶地看着他们。穿过这些睡着的身体的苦差事，似乎招惹得那些镇长老们更加恼怒。看一眼他们红润的脸色，我知道这不会是一次愉快的谈话。

他们披荆斩棘好不容易进了我们的小登记室，领头的是一位肚子特大的秃头中年男人，他发布了一项公告。

"白湖社区已经受够了，"他开口道，"我们不需要这个音乐节。镇政务会已经宣布了贝瑟尔镇处于紧急状态。我们已经吁请洛克菲勒州长，要求他批准我们的声明，派遣国民警卫队来这个地区清除所有这些嬉皮士和怪人，他们正在摧毁我们的社区。我们无法容忍进一步的破坏了。如果你和你的垃圾们不马上撤出本郡，星期五早上我们将使用人体盾牌堵死 17B 号公路！没有人能走到雅斯各农场去！这是我们给你的唯一警告。我们代表了白湖商业界、店主、房主甚至雅斯各的邻居。你明白我说的话吗，埃利奥特？"

"出了什么事？"我问他们，"你们难道没有得到足够的钱吗？你们还想要更多，是这么回事吗？"

"你在说什么钱呢？"一个商人问道。

204

一个政务委员插进来，给我警告："说话小心点！你看见了钱过手吗？"

"这个活动有很多钱在里面，你们都知道的，"我说，"你们到底在找什么——更多的钱吗？不然你们只是在争取连任？"

"你说两三万人会来这里，是一回事，"那领头的继续道，"现在的情况不是你说的那样。这是五十万人。往 17B 号路上看看！你们犹太人要在这里挣大钱了。你对我们耍阴谋诡计，你是逃脱不了惩处的！如果你以为你的音乐节还会举行，那你就是在做梦！我们再不会让嬉皮士上 17B 号公路了。"

老爸——拿着他的棒球棒——走进了登记室，维尔玛就跟在他后面，六英尺二英寸的高度往那儿一站。突然，维尔玛的声音隆隆响起："这里发生什么事了，我想听听！"说着，她把鞭子朝门上狠狠抽了一下。那些吉娃娃[1]们看看维尔玛，再看看老爸——他的棒子随时准备出击——都愣住了。

"你们闯入了私人领地，"我大声叫道，"通通给我滚出去。快滚！"就在这时，维尔玛又甩了一下鞭子。

就好像有人喊了一声"炸弹！"，老爸和维尔玛都还来不及让路，那些吉娃娃们就急急夺门出了我们的登记室。

我要做的下一件事就是找到麦克·兰；我的长着一绺绺鬈发的白骑士，他正骑上摩托车，准备去雅斯各的农场。我解释了事态的最新变化。

"没问题，伙计。"麦克说。然后他下了摩托车，走进办公室，

1　一种小型犬，原产墨西哥。

给一位合伙人打了个电话。挂掉电话后，他说："没问题，埃利奥特。我们有办法解决这个路障麻烦。"

兰送我出了他的办公室，要我在那里等几分钟。随后他向三大电视网——ABC, CBS 和 NBC——所在的几个房间走去。几分钟后，他从电视网办公室之一出来，走到我这里。

"埃利，大约一个小时后，你上 NBC 电台，怎么样？"麦克问。"102 房间。告诉整个国家现在就来参加音乐节。告诉他们不要等待。告诉他们这里在发生什么。给他们讲讲那些腐败的政客，伙计。给他们讲讲路障。告诉他们音乐节还活着，尽如人意，而且即将举行。告诉他们这是一个新民族的诞生，伍德斯托克民族。用你自己的语言，只是务必让他们知道需要现在就来。行吗，埃利？"

我立刻就意识到了麦克在暗示什么。他知道，来音乐节的人越多，镇政务会——甚至州长——要阻止它的力量就越弱。

"好的。"我说。

我们一起朝 102 房间走去，从我站的地方走过去，这段路我感觉有一英里之遥。事实上，三大电视网在我刚开完记者招待会后就来了，几个星期以来一直驻扎在摩纳哥汽车旅馆。NBC 占据了 102 号房间，这是我们扩展了分租房以后，第一批建造的十个房间之一。这些新闻人到来之前，房间里布置的是我三个姐妹扔下的廉价物品，用来刷墙的是车库旧货卖场[1]上买来的粉笔。NBC 执行人看了一眼这地方，就把所有家具都扔了。他们随后把墙漆成了黑色，又安装了无数排无线电和电视设备、麦克风、电缆、显示器以及很多电话。

1　Garage sale，美国人定期将家中不用的东西放在车库中甩卖的活动。

我敲门，有人接待我们进去。我感觉我走在另一个世界。房间两侧都排列着电子设备，五六个戴耳机和麦克风的技术员正在按键、调节旋钮。导播叫我过去，那里是一张安放有麦克风的桌子。"埃利奥特，就坐在这里，面对麦克风。"他告诉我。另一位技术员把耳机戴在我头上。麦克·兰在房间后面找了个地方坐下。

　　意识到我立刻要对数以百万计的人们讲话，我的内心在打颤。一度，我感觉腿软得站都站不起来。我干得来吗？我的整个生命引导我来到这里。我感到我自己的梦想和音乐节的梦想都压在我身上。伍德斯托克的生命，它对人们的一切意义，全都悬在这一条线上了。

　　几分钟后，节目开始了，其中一个人宣布我们是从伍德斯托克现场直播。"我们请到了埃利奥特·台伯，他是摩纳哥汽车旅馆的业主，我们和许多伍德斯托克工作人员都驻扎在这里。埃利奥特，你要对我们讲些什么呢？"

　　在我大脑里某个地方，发生了两件事。首先，我的头脑变得不清晰了，一切似乎都有点模糊。然后，我不知怎的抓住了吹透我的一股能量，顿时变得能言善道——话语从我嘴里翻滚而出，带着几秒钟前我并不拥有的力量。

　　我告诉整个国家伍德斯托克音乐与艺术节将如期于 8 月 15 日开幕——距离现在只有四天了！我邀请每个人马上到贝瑟尔来。不要等待，我告诉他们。现在就来，你才能保证在雅斯各的农场得到一个位置。

　　然后我说明贝瑟尔镇政务会企图叫停音乐节。但是我进一步解释说这将不会发生。

"他们不能合法地阻止我们，"我说，"因为我们拥有一切合法许可，我们将把音乐会办下去。他们转而计划用人体盾牌阻断交通，不让人们进入贝瑟尔。我们需要你到这里来，支持这次音乐节。来的时候，如果有人阻拦你的车，那就开车绕过他们，或者停好车走路绕过他们。直接走进贝瑟尔，到雅斯各的农场去。我们在等待你，而且主办人已经决定，从现在起，任何来伍德斯托克音乐节的人，都可以免费参加音乐会。

"这不仅仅是一次音乐与艺术节。这是一个新民族的诞生——伍德斯托克民族。我们反对战争。我们尊重自由、音乐和所有人的民权。来这里吧，成为伍德斯托克民族的一分子！"最后，我给出了纽约市到白湖的行车路线。

鼓满我风帆的荣耀的风同样突然地离我而去。我从椅子上站起来，十分疲倦，仿佛刚刚经历了一场战斗。

我不知道这个频道中有没有人听到了我的话。没有反馈，没有与听众的对话——只有我在对着一个包着金属网的物体讲话，希望全国的听众会听到我的声音，开始朝贝瑟尔一路前进。

那些技术人员向我做了一个 OK 的手势，麦克给了我一个天使般的微笑。"辛苦了，伙计。好极了。真是漂亮。"

那个晚上，17B 号公路很平静。是的，车辆继续流入贝瑟尔，但是数目却缩减了。现在我肯定没有人听到我了。

那晚晚些时候，摩纳哥旅馆的迪厅挤满了人，听一对孟买来的夫妇即兴演奏。那对夫妇在演奏一种神秘的弦乐器，我猜想是西塔琴。那个夜晚很安静，而情绪微微有点醉意。我凄惨地注意到，进入贝瑟尔的交通已经减小到仅剩一丝细流了。

迪吧的后面有一扇门，进去是一间备用卧室，我常在这里睡上几个小时或者一整晚。现在我打开门，衣服也不脱地倒在床垫上。我几乎是立刻进入了梦乡。我不知道睡了多久，但是突然被汽车喇叭声惊醒了。我马上想到本地的暴徒在攻击我们了。我从床上爬起来，疲倦得歪歪倒倒的，抓起一把锤子。随后我打开迪厅的门，看见老爸和衣睡在房间一角的一张床垫上。他旁边是妈妈，也是和衣睡着。我轻轻推醒老爸。听到车喇叭响，他跳了起来，抓起他的棒球棒，站在我身边。然后妈妈也醒了，看见老爸手里的棒球棒、我手里的锤子，也四周张望，寻找一件合适的武器。吧台附近的架子上有一只大卫王合礼[1]葡萄酒的空瓶子。她拿起瓶子，加入老爸和我，一起向大门走去。

老爸、妈妈和我打开门，走进夜色之中，准备着在一群狂暴的镇民前面迎接我们的命运。然而，我们却看到了奇迹。那里，就像一串闪亮钻石做成的美丽项链，是一股双链的明亮车头灯，在开进贝瑟尔。从我们站立的高处，我们可以朝南边眺望，看到17B号路上向我们而来的车灯绵延数英里长。这不是世界末日的最后决战。这是摩西带领人们来到贝瑟尔——在希伯来语中，它的意思是圣殿。

老爸的棒球棒垂在一边，妈妈拿着她的合礼葡萄酒瓶，而我仍然抓着铁锤，站在那里，沐浴在光的河流之中。我们观看汽车和卡车来到城里，人们偶而会对我们大喊大叫。"嘿，摩纳哥，我们在收音机里听过你！"不止一个人这么说。"我们得到了你的消息！"

1　合礼指符合犹太教规。

另一些人叫喊道。那些汽车和卡车，很多喷着 DayGlo 的缤纷色彩，坐满了年轻人、老年人和其间任何年龄的人。它们载着所有肤色的人——黑、白、黄、棕和红。很多人挥舞着和平标志；别的人挥手致意。在早上三点钟，每个人都很快乐，急不可待地要聚会了。

一股兴奋的暖流流过我，就像疗伤的圣水。

"我不相信这些人是冲着我的单身贵族周末来的，老爸。你以为呢？"他只是笑着，向对我们挥手的人们挥手作答。我一生中从来没有感受到这么多的爱——还有救赎。

最后，我们三个都回房睡觉去了。

早上，我们打开了唯一能用的电视机，看到纽约州高速公路的新闻镜头，从纽约市一直堵到贝瑟尔出口。另一组镜头显示去贝瑟尔的其他高速公路和辅路也塞得满满的。终于，记者展示了 17B 号路上的情况，好几英里长的车龙堵得死死的。"欢迎来到世界最大的停车场。"他说。

我兴奋得要死。老爸看着我，他黑色的眼睛闪耀着光亮。这已足够让我心碎同时又治好了它。

我从椅子里跳起来，说："需要一个新标牌了。"我拿出刷子、油漆和一大块夹合板，写道：

欢迎来到伍德斯托克音乐节。

欢迎回家。

我立刻把标牌吊在迪吧的前方，正盖住写着"汽车旅馆出售——

你付得起的价格"的老标牌。

那天上午晚些时候，警察把17B号路改成了五车道的高速公路，五车道都走同一方向。当我往外看这段塞满的公路时，我对自己说，现在让他们来阻止我们试试。

* * *

第二天——8月12日，星期二——麦克·兰和伍德斯托克全体随行工作人员离开了摩纳哥汽车旅馆，搬进了雅斯各的农场。摩纳哥也就空了三个小时——这段时间里我们填满了整个度假村的每一个房间和改装的空间。一天之内，我们经历了超订，到空掉，又到超订。

次日，星期三，我正在加紧处理表格，这时一个陌生人走进了我的登记室。起初，我以为他不过又是个老一套的恶棍，到长舌妇煎饼屋找他的同伙来了。他穿着三件套的暗色套装和用哪条死鳄鱼的皮做成的尖头皮鞋——穿成这样，这里可是嬉皮村的中心，甚至牛仔裤和凉鞋都是可穿可不穿的。

"也许你要去长舌妇煎饼屋找你的朋友，"我告诉他，"就朝那个方向走，你一定会遇上他们的。"

"我要找你，台伯。"他的话里带着威胁的沉重。

"我能为你做什么呢？"

"你要立刻关掉这个音乐节，不然，等这事完了以后，我们就把你给关掉——永久关掉。"

我越来越习惯了各式各样的恐吓，而且大多数已不再对我起作用，但是这个家伙让我大感惊异。他的举止充满了威胁，围绕他的非常真实的危险感让我有一点慌乱。

"我对这个音乐节没有任何控制力，"我说，"一个月前我们就对它失去了控制。"

"让我来替你想象一下吧。你现在就要关掉这东西，否则你就等着轰隆一声上西天吧。这几天好好过，台伯。好好看看你的摩纳哥旅馆，因为有人——很多人——说，只要你那些讨厌的家伙和嗜毒的嬉皮佬一滚出这里，你就不会再有汽车旅馆了。我们才不管什么狗屁法律呢，你听明白了吗？我才不在乎你或者你那类人呢。何况把你和这地方放倒，真是太爽了。"

说着，他解开外套的纽扣。我可以看到外套下面金属物品的微光。

我还没来得及喊"麦克·兰救命！"，维尔玛男爵走进了登记室，她正好完成了摩纳哥度假村的安全巡视。今天，她穿着女军装——我得说，对她来说有点紧。她的填塞的胸口绷紧了外套的铜扣子。同时，她的五点钟胡茬[1]，才到中午就已经茂盛无比了，胡须穿过她厚厚的化妆粉，探出头来。是的，来搭救我的人，是一位没刮胡子的、装饰不凡的军人，穿着女人的军装。还能有比这更合适的吗？

"埃利奥特！"男爵低沉的声音喊道，"这个人在骚扰你吗？"

很快，我把情形解释了一下。

维尔玛立刻掏出一把小小的银色手枪，就我所见，是一把漂亮

1　Five o'clock shadow，指男性早晨刮过胡子后，下午长出的胡茬。

的玩具手枪。不管是什么，在所有当事人眼里已经足够真实了。而且维尔玛神情极其严肃。突然，她抛掉口音，以她真实的声音说话。

"快给我滚出去，朋友，不然我就要在你的漂亮外套上开几个洞了。你敢再来，我一看见就开枪。懂了吗？"

我不知道那歹徒被哪一样吓得更厉害——维尔玛的枪还是维尔玛本人。那家伙举起手来，无可奈何地挑挑眉，急急地出门跑了。

* * *

日夜不停的活动开始影响到我了。我疲倦极了，但我知道不能休息。我必须尽最大努力掌控一切，因为涉及如此多的利害关系——无论是对我们个人而言，还是对这场改变着我的生活的活动而言。尽管如此，我能看到父母的精力在减退。他们老了，艰辛的工作和每天都有的攻击让他们疲惫不堪。他们需要休息一下，我认定。他们需要平静下来，放个小假。

于是我做了一批含麻醉品的甜饼。人们在我们酒吧的冰箱里存放了大量的麻醉品和大麻，我弄出一些——刚好够把每个人弄得飘飘然。然后我把麻醉品裹进甜饼糊，加些巧克力片，烤上十二分钟。瞧瞧！可爱的小甜饼！实际上，我以前听说过大麻巧克力饼，但我还没有见过大麻甜饼。我很想知道这些甜饼的效果，如果有的话。

甜饼烤好、凉好后，我告诉父母到酒吧里来，吃些点心。这些天，酒吧的功能主要是阵发暴雨的避雨处和过路人打尖的地方——我们提供水和厕所，那是仅有的几个能用的公共厕所之一。妈妈和爸爸找到一张空桌，我端上一大盘甜饼和咖啡。他们两个狼吞虎咽地吃了些甜饼，咖啡也喝了。然后他们把甜饼传给酒吧里其他人。"噢，埃利亚胡，甜饼味道真不错。它们都是洁净的，对不对，埃利亚胡？你不会想要你可怜的妈妈惹得上帝不高兴吧。"

"我肯定这些甜饼会让任何拉比非常快乐的，妈妈。"我告诉她。

开始，我以为他们都不会给弄得晕乎乎的——大多数时间他们都那么严肃、工作努力、忧虑并且极度恐惧。然而，不久以后我就能看到大麻的奇妙作用了。老爸是第一个有反应的。他开始对并不怎么特别的事情咯咯痴笑了。他笑得整个身体都在颤抖。"你看那些在我们墙上乱画的小子，我把那些嬉皮士都叫开时，他们看起来多好笑啊，好像马上就要尿裤子了。你看到了吗，埃利亚胡？你看到了吗？"

"是的，老爸，我看到了。"老爸只是不停地咯咯痴笑。

我突然发现，妈妈也在笑。她笑的那么厉害，我突然害怕她会笑断一根肋骨。

"什么事那么好笑，妈妈？"我问她。

"看看这地方，"她一边笑着，一边说，"乱成一团糟。到处是人。这里有人，房间里有人，房子底下有人，房顶上有人，沼泽地有人，卡车汽车面包车顶上都是人。我们这儿人多得不得了。"

等他们两个止住笑的时候，他们只是坐在那里，对一切都心满意足。我真的从来没见过他们这么放松。我拖了一张床垫到我们的桌边，回头就看到我那两个精疲力竭又醉晕晕的父母耷拉在椅子上，睡着了。我把他们滚到等候在那里的床上。然后我自己弄来一张床垫，一头倒上去，准备休息、放松三个来钟头。

* * *

当麦克·兰和同伴们离开摩纳哥旅馆搬到雅斯各的农场去的时候，我惘然若失。是的，我们在几个小时以内又重新订满了，但是钱已不再是我的推动力了。我爱冒险，而麦克极有这种气质。他出现的时候，整个贝瑟尔就活起来了。我也活了。在麦克·兰到来之前，我的生活从来没有如此富有挑战性——或充满威胁。这是我一生有过的绝大部分乐趣，我知道因为这个经验，我不同于从前了，虽然我还不能确切说出到底哪里不同。而现在麦克·兰和他的人马去了马克斯那里。音乐节将开幕——他将负责此事——而几天之后，伍德斯托克风险团队将离开。我所有的男同、拉拉和直人朋友们也都将离去。白湖将恢复沉闷和了无生趣。也许会有一两个职业杀手追踪我，但那就不会像麦克、维尔玛和乔吉特在这儿的时候那么有趣了。

于是我做了我能想到的唯一的事——找一条路去马克斯的农场，看看宇宙的中心到底像什么样。开车过去现在已是根本不可能的了。我需要一辆摩托车，但是麦克的哈雷摩托在现场他身边。我只得找人搭个便车，而那样，我必须运气好才行。我朝17B号公路走去，那儿的通行车辆中，有一位纽约州骑警骑着摩托车。他戴着反光太阳镜、白色摩托车头盔，穿着蓝色州骑警制服。他个子跟我身高差不多，看得出他身材很好，强壮而又瘦长。仅凭直觉，我觉得他似乎是个好人，不像那些卑鄙的警察，眼里每个人都是强奸犯或杀人犯。我决定试试运气。

"嗨，我是埃利奥特·台伯，帮助弄出这整个一团糟的那个人，"我告诉骑警，"我是这家汽车旅馆的业主。"

那骑警对我点点头，给我一个诡秘的微笑，很清楚如果他掏出手枪，就地把我射杀，白湖一半的居民都会非常欢喜的。他的表情鼓励我继续讲下去。

"你晓得，"我说，"即使这事我插了一手——记住，有很多只手的，我只是其中之一——我也已经一两个星期没有去农场了，很想看看音乐会即将开幕前那儿是什么样子。你觉得可以带我一程去雅斯各农场吗？"

"好啊，没问题，"那骑警说，"上来吧。"我一坐上后座，他就坚持要我搂住他的腰。"如果你掉下去，我可吃不了兜着走。"他解释说。

"知道啦。"我说。现在轮到我诡秘地笑了。

我们在车辆之间飞奔，不到十五分钟就到了马克斯的农场。我站在雅斯各农场的边缘，惊讶极了。十四年来我定期到农场来，而现在我完全认不出来了。

不到一个月，麦克·兰、约翰·罗伯茨、乔尔·罗森曼和阿蒂·科恩菲尔德——还有几百名伍德斯托克工作人员——已经创建了一座迷你城市，能建起这样的城市我做梦也想不到。地形本身是一只巨大的碗，一座完美的圆形露天剧场。剧场的最南端矗立着舞台，它必须有一百英尺宽。舞台上方遮盖着长条形的帆布，以保护设备，为表演者遮挡风雨。舞台两边是巨大的喇叭、功放机和其他电子设备。舞台正中立着一组五个麦克风，等待着它们的主人——海文斯[1]，乔普林，达尔特瑞[2]，亨德里克斯，贝兹[3]，格思里[4]，斯莱[5]，克里登斯[6]，库克[7]，乔大叔[8]，克罗斯比、斯蒂尔斯、纳什与扬[9]，还有很多很多。支撑舞台的脚手架都有三层楼高。舞台背后和左右两边是帐篷群，混杂着几十辆大拖车、卡车、公共汽车和拖拉机。数以英里计的电缆和电线从舞台联接到音响设备。起重机吊臂在庞大的舞台上方高高伸展，像极长的机械手。

舞台前方几百码竖立着另一排脚手架——全都是三层楼高——上面安放着更多的喇叭。整个场地有成百上千的帐篷，有的只是很小的三角帐篷，有的大些精美些，各种颜色的都有，从黄到蓝到红。场地周围像友好的哨兵似的站着的是各种小摊，用木棒制作，上面覆盖着棕色帆布。场地边缘散布着大量汽车、小运货车和喷上了鲜亮迷幻图案的公共汽车。而铺展于整个场地上的，是五十万人，他们全都联结在一起，像五色丝线织成一张广阔而精美的地毯。这景象激动人心，令人鼓舞，同时又使人头晕目眩。我扫瞄人群，看到每个人脸上都写着温柔的快乐。这就是麦克·兰老远到这里来所看到的——反对战争、引发了民权运动的一代人。就是这些面孔给了

1　Richie Havens（1941—2013），美国唱作人、吉他手。

2　Roger Daltrey（1944—），英国唱作人、演员。

3　Joan Baez（1941—），美国唱作人、音乐人、活动家。

4　Arlo Guthrie（1947—），美国民谣唱作人。

5　Sly Stone（1943—），美国音乐人、作曲家、唱片制作人。

6　即克里登斯清水复兴合唱团（Creedence Clearwater Revival）。

7　John "Joe" Cocker（1944—2014），英国歌手。

8　Joseph Allen "Country Joe" McDonald（1942—），美国音乐人。

9　Crosby, Stills, Nash, and Young，美国－英国－加拿大民谣摇滚组合。

他灵感，给这一代人取名叫伍德斯托克民族。

一片笑脸的海洋中，人们到处在弹着吉他，唱着。声音的合唱从每个方向，以每种想象得到的语言响起。那些不弹吉他的人用回收的金属、木头和织物做成了粗陋的乐器。人们在散发各式各样的小饰物、纪念品、报纸、政治和社会请愿书、吸毒和性的随身用品。这里还有各种各样数不尽的群体——奎师那知觉会众、越南老兵、反对越南战争的老兵、反战抗议者、黑人好战分子、倡议毒品合法化的人以及那些想要禁止一切毒品的人。这里有基督徒、犹太人、穆斯林、印度教徒和一切品类的宗教，全都共处在毯子上、在帐篷里，全都怀着同样的愿望：欣赏音乐和音乐的想象，为之振奋，为之激动。

你无法走进舞台三百码的距离以内——人群太密集了，没有人能自由地走到那里——所以我留在周边，顺着外围继续我的漫游。我一边走着，一边看着周围的景象，不知不觉来到一辆停泊的面包车前面，面包车外面整个喷涂着鲜艳无比的花朵。滑动门开着，车内用灯笼照明，整齐地铺着五颜六色的小地毡。从里面飘出薰香的甜味，还有一些摇滚音乐。一位二十五岁左右的苗条女孩，她有棕色的长头发、棕色的大眼睛、甜美的笑容，正就着一种与面包车立体声系统放出的音乐完全不同的节拍在轻柔地摇摆。伸手展脚躺在面包车里的大豆袋垫子上的，是她的伙伴——一个金黄色头发、游泳选手身材、脸上挂着心不在焉笑容的年轻人。他就穿了一条卡其布短裤。

这两位看见我，那年轻人说："嘿，伙计，进来吧，加入我们。"我把头伸进了面包车。那年轻人给了我一小片纸，上面有一个黑点。

"就放在你的舌头上，伙计。这是一次旅行。"

"这是什么？"

"不晓得，乖乖。但是可以肯定，所有的好时光都装进了一个小圆点。噢，是的。他们叫它即时旅行套餐。我很快就感觉不到痛苦了。"

我舔那纸片时，那女子在我脖子上轻轻抚摸。他们一起帮我钻进面包车，让我在那男子旁边躺下，枕着豆袋枕头。然后，那女子在我另一边躺了下来。开始我没有任何感觉。我甚至没有感觉到那个小点融化。我在专注于那年轻游泳好手绿宝石般的眼睛。身体里有什么力量在促使我往后一躺，把所有令我窒息的责任全都放开——汽车旅馆、我的父母、无尽的争斗、恨我的人和那些认为我是英雄的人。就把它们都放下吧，我身体里的声音说。那个女孩柔软的双手在我全身上下跳起性的舞蹈时，我一霎时融化进了音乐之中。

"几分钟后，你会飘飘欲仙，"她说，"放松。别担心。我们会一直陪着你的。"

现在那年轻男子顺着我的腿抚摸我了，两人手都伸进了我的裤子。在那一刻，我什么也不知道了。随后一段时间——多长呢，十分钟、十小时还是十天？——我处于极乐的状态，不像我曾经历、阅读或幻想过的任何极乐。形状、颜色和心绪带着蜂蜜般的滑软通过我。那些形状对我说最美的话。我与美丽的颜色交谈。直到今天，我一点也记不得那些形状和颜色对我说了些什么。我只知道像爱情一样甜美。

同时，许多性幻想在我脑海里闪现，然后每一个都得到了满足。我的两个旅伴和我主演了一部充满性快乐的电影。随着性活动一个接一个展开，我的同伴们的脸和身体在不停变幻。有时候他们是美丽真实的躯体，有时候只是影子，眼睛不过是闪烁着的光点。我还几度进到他们的身体里去。我不知道怎么进去的，但我在他们两人的身体里，常常是同时。然后我沉沉坠入太空中一个黑洞里。我变得很小，然后不顾一切地向外旋转。快乐和惊奇的感觉变成了无情的恐惧，而最终变为和平和安宁。色彩不停地转动着，舞蹈着。我感觉似乎空间在穿过我，而不是我穿过空间。同时，我被两个同我一起旅行的温柔的人爱抚着。这经历既可怕又非常奇妙。

　　我觉得，旅行持续了几个小时。但是最终我发现他们两个在引导我慢慢回来。他们教我凝神静气，并默念咒语，这样可以在药力退去时保护我。最终，这两人给我讲起了刚才我们共享的难以置信的三人性经历。他们称之为共同性旅行。然后他们又教了我一些咒语，保证说它们将来会保护我、引导我。

　　关于这次性活动，我能记起的主要是这两人慷慨给予我的温柔触摸和爱的表示。野蛮的疯狂，是以前我所知的性的全部。这一类的做爱——那是真正适合这种经历的唯一词语——与我所知道的完全不一样。

　　而这就是我第一次用迷幻药的经历。

　　我开始重新恢复感觉时，仍然在浓厚的迷蒙中运动，但是人们不知用什么方法把我送回了摩纳哥旅馆，而那高速的疯狂并没有失掉一个节拍。妈妈和老爸在接电话，处理通常情况下一拥而来的要求和抱怨。我努力加入其中——也许我换了一些被褥，或者接手了一两次登记——总之我干过什么，一点细节也记不起来了。那天下午晚些时候，我倒在床上，一觉睡到第二天上午。

* * *

那个星期五，就是音乐节开幕那天，下雨了，但是坏天气阻止不了人们来到伍德斯托克。上个星期一晚上达到高峰的交通，现在仍然十分繁忙。正如电视新闻记者所说，17B 号公路已沦落为停车场。于是，参加音乐会的人干脆弃车而去，步行去雅斯各的农场，把 17B 号路差不多变成了人行道。

约有一打贝瑟尔镇政务委员和形形色色的依附者信守他们说过的话，带着妻子出现了，组成人体盾牌，阻挡成千上万前来参加音乐节的人们。不论从哪个角度说，这都是最可怜、最无效的努力。

组成人体盾牌的男人穿着格子花呢裤子和色彩鲜艳的衬衣，女人都穿着衬衫裙。他们举着白纸板的小标牌，上面写着："白湖镇管理委员会已下令取消音乐节。立刻撤出白湖。"那些嬉皮士，不论年轻的、年老的，只是绕过或从中穿过人体盾牌，完全不理会镇政务会的要求。在那些嬉皮士看来，政务会委员们在讲一些莫名其妙的话。

以一种最出人意料的方式，这人体盾牌证明了那个视种族主义和性歧视为理所当然的一代——他们给了我们原子弹和越南战争——简直太习惯于接受现状了，竟然不能发动一次有效的抗议活动。假如不是因为我发现他们的努力可悲到极点——而且，是的，甚至可怜到极点，我也许还会嘲笑他们一番。世界上有那么多丑陋的事情在发生，他们却把精力用在了阻止三天的音乐、和平和爱。

12

制造伍德斯托克

1969 年 8 月 15 日，星期五，下午 5 点钟，里奇·海文斯演唱了一组九首歌曲，正式拉开了伍德斯托克音乐与艺术节的大幕。按节目安排，海文斯并不是第一个上台，但他是那个时候唯一可演的节目。各个方向的道路交通都堵塞了，根本无法通行。把表演者接到白湖来的唯一路子就是用直升飞机运送。麦克·兰恩求海文斯上台，后者勉强答应了。

结果我们看到，这场音乐会不可能有比这更完美的开场了。坚决而又谦逊地，就像一个视他的任务重于他自己的人，里奇·海文斯走上了舞台，手臂夹着吉他，对海洋一般期待着的脸说话。"人们明天将在报纸上读到你们，你们真的非常棒，"他告诉听众，"整个世界，如果你能看到它的影响所及。"然后他开始又快又疯狂地弹吉他，就像一个着了魔的人。

马克斯农场上巨大的喇叭将海文斯沉重猛烈的吉他音乐发送出去，回荡在白湖的陵谷之间，让所有的人都能听见。歌手沙哑的声音——它的渴求如此坦率——征服了一个迫切要求结束战争、让所有人拥有平等权利的国家的心和灵魂。很少有在世的人能够比这更好地表达时代的精神和人类心灵深处的痛楚。

　　尽管曾面临本地人很多个星期的威胁和小镇短视的阻力，伍德斯托克音乐节实际上已经开幕。现在，新的一代强有力的音乐之声正在占据中央舞台。

　　那天晚上，阿洛·格思里站在台上，报告警察最近估计的人群规模。"我不知道你们有多少人能看出这里有多少人，伙计，"阿洛以他特有的鼻音抑扬地吟诵道，"我是在跟警察说话，对吧？你明白吗？伙计，本来今晚上这里有一百五十万人的。你明白吗？纽约州高速公路已经关闭了，伙计。"

　　稍后，州和地方官员将把雅斯各农场里的人数估计为五十万。他们说一百万人还在路上，但陷在了交通阻塞中，车辆一直堵到大约九十英里外的乔治·华盛顿大桥。但是我相信这些估计是极其保守的。这远远多于时报广场任何一次新年夜的人群，而后者通常宣称有近百万之众。

　　与音乐会开幕前流行的恐惧和谣言相反，音乐节上近乎完全没有犯罪或暴力。没有骚乱，没有强奸，没有对本地人的攻击。其实，当贝瑟尔镇民真正与嬉皮士来往的时候，他们发现他们很有礼貌、恭敬、关爱他人。像是犯罪的唯一一件事情，是孩子们剪断马克斯的地产周围的铁丝栅栏，没有买票就进去听音乐会。但即使这件事也算不上严重的违法，因为麦克·兰和我已经宣布音乐会是免费的。而且就在音乐会期间，伍德斯托克风险公司还告诉大众，欢迎任何人来。

一种慷慨、分享和团体的精神在雅斯各农场的人们中间发扬。你可以在他们开朗的微笑、在一直挥动着的和平标志、在人们向陌生人伸出的援助之手中看到。即使困难的条件也没有减损音乐节的心境，或者人们彼此之间表现出的爱和关怀。

整个周末，瓢泼大雨一阵一阵地来，把观众淋得透湿，把马克斯多草的牧地变成了巨大的泥泞场。人们不得不坐在或者站在泥浆里，才能看见表演的艺术家。更糟的是，每个人都饥肠辘辘。音乐会开幕前两个星期，食物供应就跟不上了。似乎没有人在意。人们在汽车、面包车和帐篷里等待雨停。他们彼此分享食物、水、酒精和毒品。快乐又喜庆，人们从朋友那里得到一点点帮助，就这样对付过去。不论何时，只要雨一停，音乐就又开始。哇呜，这是怎样的一列艺术家呵——蒂姆·哈丁[1]，梅拉妮[2]，阿洛·格思里，琼·贝兹，乡村乔和鱼乐队[3]，约翰·塞巴斯蒂安[4]，桑塔纳乐队，感恩而死乐队[5]，克里登斯清水复兴合唱团，贾尼斯·乔普林，斯莱和斯通一家乐队[6]，谁人乐队[7]，杰斐逊飞机乐队[8]，乔·库克，血、汗水和

1　Tim Hardin（1941—1980），美国民谣音乐人、作曲家。
2　Melanie（1947—），美国唱作人。
3　Country Joe & the Fish，美国迷幻摇滚乐队。
4　John Sebastian（1944—），美国唱作人、吉他手。
5　The Grateful Dead，美国摇滚乐队。
6　Sly and the Family Stone，美国乐队。
7　The Who，英国摇滚乐队。
8　Jefferson Airplane，美国摇滚乐队。

眼泪乐队[1]，克罗斯比、斯蒂尔斯、纳什与扬，沙娜娜组合，吉米·亨德里克斯，还有许多许多。音乐和歌词描绘了自由与和平的美丽景象，而来到伍德斯托克的人们就是那幅景象。

音乐充满了整个地区。音响系统如此强大，实际上，它把沙利文郡的每一只鸟都驱赶了出去。直到伍德斯托克结束以后，它们才回来。除鸟以外，谁都觉得音乐是一种快乐的噪声。

至于我，摩纳哥汽车旅馆与雅斯各的农场近得似乎伸手可及。可我有生意要打理，感谢伍德斯托克，摩纳哥这儿的需求简直势不可挡。不夸张地说，成千上万的人跌跌撞撞来到摩纳哥的庭院，需要什么的都有，从急救到水到睡觉的地方。我的日子被应接不暇的要求所填满——把成箱的卫生纸、食物、饮料和成捆的床单搬运到这个无规划蔓延的建筑群的各个角落；应答我母亲频繁的要我去帮忙的尖叫；努力安抚那些被毒品引发了不知多少次梦魇的嬉皮士。一旦他们重新回到现实，而神志也恢复了，大多数便会就地睡着，在泥泞里。实际上，几百人躺倒在摩纳哥庭院各个地方，或吸了毒而昏沉沉的，或醉酒，或在打瞌睡。这地方就像长久围困之后的战场。

音乐会开幕的那个星期五，摩纳哥旅馆之繁忙，寻常马戏团与它相比显得安静而稳重。我才做完一件工作，就不得不做一个后滚翻三周跳，扎进另一件事里。在整个的混乱中，我意识到老爸太累了，身体又有些不舒服。他抱着一些床单走向费·唐纳薇侧厅时，我注意到他的脸色灰暗，显得疲倦，皱纹比平时深。我快步迎上他，说："给我，老爸，把那些床单给我。去睡一会儿吧。我们忙得过来。

1　Blood, Sweat, and Tears，美国爵士－摇滚乐队。

需要的话我再叫你。"

他对我疲倦地点点头。"好吧，埃利，"他说，"那我就睡一小会儿。"

那个下午剩下的时间，我都在登记室或者某幢建筑物里，完全沉浸在我的工作中。也许，我模模糊糊地感觉到，哪里正在放音乐——也许在停车场或者大街上。不过，它并没有引得我放下手头的事情。然后，那天下午大约 5 点的时候，那极美妙的微微闪着光亮的音乐触到了我的心，把我救了出来。我抬起头，放下工作，循着那声音来到登记室的窗口，看见停车场和 17B 号公路上站着很多人。他们都望着同一个方向——西北方，朝着白湖。我走出去，加入泥泞中的人群。于是我听见了，像阳光一样清澈、明亮。里奇·海文斯在演唱《自由》（Freedom）。

里奇绝对错不了的声音像惊雷一样在 17B 号公路上翻滚。它在连接雅斯各农场和摩纳哥旅馆的丘陵、谷地和湖泊之间回荡，而最终到达我们这里时，它把我们从日常的纷扰中提升出来，让我们相信没有什么是不可能的。我向马克斯的农场方向眺望，微笑了。我去不了音乐会，于是音乐会就来到了我身边。

第二天一开始就像头天一样疯狂，而且随着时间过去，变得越来越疯狂。那个星期六午后，刚刚又下过一场大雨，我坐在汽车旅馆的前院草地——或者说残存的草地——上，试图为另一个浑身是泥的年轻人解除药力，他刚从一次厉害的 LSD 旅行中回来。他正在呆呆望着天空，看着那里并没有的东西，这时我听到 17B 号公路上一辆摩托车的声音朝着摩纳哥咆哮而来。我一转身，看见摩托车

229

对着我们直冲过来。它终于在几英尺开外急刹车了，甩了我们两人一身的泥。"你疯了吗？这里到处是人。你会撞死人的！"我叫喊道。

车手摘下她的头盔，又长又密的棕色头发垂了下来。她穿着黑色摩托车皮夹克、蓝色粗棉布裙。一个字也不说，她下了摩托车，任其倒在地上。她的脸很红，而她的大眼睛突然变得更大。她站在我面前，嘴微微张开，但是一句话也说不出。她让雨淋湿了，而我往下看，才意识到她怀孕了。她的两腿之间似乎有水在往下滴，那显然不是雨水。天哪，我想。不会是我想的那样吧？这个女子的羊水刚刚破了！

我知道这种情况必须迅速行动，然而我也承认我不是做这件事的最佳人选。首先，我完全不知道在医疗急救中该干些什么。我的生物学考试不及格，因为解剖课上我不敢切开青蛙。我用不了海洛因——或者任何需要用针的毒品——因为我害怕刺穿皮肤。我也许看起来魁伟结实，可是告诉我哪里写着魁伟结实先生有本事接生？

那女孩戏剧般的到来，唤醒了几十个给麻醉品弄得昏头昏脑的嬉皮士，他们几分钟前还不省人事地躺在地上。现在他们聚集在我的周围，全都惊骇地瞪着那个女孩，仿佛她是从另一颗星球上来的。

"哇，"其中一人说，"她要生孩子了。"

"这里有谁是医生或者护士？"我发狂似的问。他们转头彼此对望。回答都是"没有""我不是，伙计"。

"那至少帮我把她抬进旅馆里去。"我喊道。与另外两个人一道，我们用手臂做成坐椅，把女孩抬进了酒吧。一群人慢慢往前移动时，爸爸手里拿着棒球棒，冲了过来查看发生了什么骚乱。我们把那女孩放在地板上，老爸才意识到她要生产了。

"老爸，找人帮忙！"我命令道。呆呆发愣而不知所措的老爸跑了出去。我一点也不知道他会去哪里。

一个嬉皮士突然又神经冲动了，他说："我觉得没有人到得了这儿，老兄。交通好像中断了。"

该死，我意识到，他是对的！

"谁去给州警察打个电话，告诉他们这里有一位临产的妇女，我们需要一个医生，越快越好，"我对众人说，"这里是摩纳哥汽车旅馆。"我说："跟他们说，我们就在白湖 17B 号公路边上。"

几个人朝不同方向跑开了。我回头照应那女孩，观察她恐惧的脸——那双每一秒钟都在变大的眼睛。她也许才二十岁。她痛得尖叫时，叫喊声刺穿了我的惊骇，我这才回过神来。

"你不会有事的。"我说。我看看她的裙子下面，估摸着那就是要关注的区域。"我来脱掉你的内裤，好吗？"我问。

一个女人，也许三十刚出头，坐在怀孕女孩的脑袋旁边。她抬起女孩的头，在下面放了一件汗衫，权当枕头。那女人开始抚摸女孩的头发。"一切都会好的，乖乖，"她说，"别担心，我们在这里帮你。"其他人坐在她身边，都讲了些宽慰人的鼓励话。人们跪在地板上，围着那怀孕的女子。我轻柔地脱下了她的短裤，想起在一些电视节目中，你应该叫喊"烧些水！"，然后是"用力！"。我知道什么呢？我一点也不明白要开水干什么，所以我叫喊道："用力！"

有事可做了，他们才放了心，于是每个人都跟随我叫喊："用力！

用力！用力！"

那位无名的怀孕女子躺在地板上，深深吸了一口气，英勇地尖叫一声，然后拼命使劲。坐在她头边那位较年长的女人一直在抚摸她，低语道："你干得真好，亲爱的，你做得真是不错。再接再厉。"

我徒劳地叫喊"用力"，等待着发生点什么。于是真的有事发生了。毛茸茸黑色的头开始在女孩双腿之间显露顶部。我太兴奋了。周围响起一片欢呼声。"你做到了！"有人喊道。"婴儿就要从那里出来了。"另一个人说。"我们要生孩子了！"又一个人胜利地尖叫道。

我根本不知道该干什么，只晓得在那位年轻女子继续用力时，轻轻托住婴儿的头。

"用力，用力，用力，亲爱的，就快好了。"我说。突然，我意识到他们为什么把这个称之为 labor[1] 了。那可怜的母亲浑身大汗淋漓。她气喘吁吁，使出全身的力气拼命推挤。把一个婴孩带到这世上来真是件辛苦的事，我想。而且看来痛得不得了。这个大眼睛、棕色头发的纯真小女孩，正在拼尽全力推挤，克服她自己身体的抗拒。组织撕开了，血在流，而眼泪也在她脸上流下来。但是在她眼里，我能看见勇猛和决心。

这个合唱班突然注意到婴儿的头已经完全露出来了。"它差不多全出来了！"有人喊道，"你快成功了，女士，你快成功了。继续。继续！"

于是一件全新的事发生了——一个小小的伍德斯托克女婴出生

---

1 英语，有分娩和劳作等多重义项。

在我的手臂里。她还在哭呢。大家一片欢呼。"是个女孩！"有人在呼喊，"嘿，女士，你生了个女孩！你生了个女孩！"

一时间我脑子里一片空白。我能做的只是惊奇。然后我意识到，正如婴孩通过这条长长的、血糊糊的脐带与这女人连接，我也和这女人连在一起了——哪怕这些年我与女人的关联最多只是外围的。血、内脏、一个脱去衣服的母亲。这是自然的，是真实的，更是这么一大团糟呢。

现在我面临困境了。我该拿这脐带怎么办，该如何处理也许与它连在一起的任何东西呢？我不知道。即使给我打上好大一针肾上腺素，也不能促使我切割人体组织。从我周围的人群中，一个人走上前去，在新母亲和婴孩旁边跪下。那是维尔玛。她脱下她的纯黑真丝披肩，把孩子包了起来。

另有一人弯下腰对我耳语。"直升飞机快到了，埃利。"我意识到那是我父亲的声音。他打电话求助，请来一架直升飞机。"他们说几分钟后就到。"然后他靠在我肩上，说，"小伙子，你以为只有你才能把那些东西招到这儿来吗？"

我托起婴儿——她的脐带仍然跟妈妈连着——把她交给母亲。随后我帮助这女孩走出酒吧，围绕我们三人的是婴儿的五十来位新出炉的叔叔阿姨。我们聚集在门口，坐下来等待直升飞机。我们沉浸在温柔的沉默之中。没有人想说一个字。就好像这一刻太特别了，特别不能用言语干扰。母亲把婴儿抱到胸前，开始喂奶。其间，我们都休息了仿佛与永恒一般长久的时间。

终于，我望着一身湿透的母亲和婴儿，天真地问："你都到这个地步了，怎么还来音乐节呢？"

这位新母亲低头看着孩子，微笑了，然后望着我。"我不知道我怀孕成这样了，"她轻柔地说，充满喜悦，"我没生过孩子。"

突然，一位州骑警骑着大栗色战马顺着17B号公路飞奔而至，上到汽车旅馆门口。他动作夸张地下了马，走到我们这一群等待的人面前。

我看见妈妈从汽车旅馆登记室里出来，跑到骚动的中心。

州骑警问我："你是孩子的父亲吗？"

妈妈只要听这句话就足够了。她叫喊道："不是！不是！不是他！那是我的儿子。他还没结婚。他是单身，再说那个女孩都不像犹太人。怎么可能是他？"

你一定喜欢这逻辑，我想。

"不，我不是婴儿的父亲，"我说，"可是她急需医疗看护。"

"直升机就要来了。"那骑警说。

没过多久，我们就听到直升飞机叶片轻柔的呼呼声在接近摩纳哥。我坐在那里，与那熟悉的声音相关联的记忆让我十分安心。我转身对年轻的母亲说："不用担心，空降部队就快到了。"不久，那条蓝色与银色的大鲸鱼在我们头顶盘旋，风吹得衣服和垃圾四散飞扬。那巨兽降下来，轻轻触地，终于停稳了。

不一会儿，机门滑开了，从机舱里跳出几个人。一位穿着白大褂、口袋里装着听诊器的军医向母亲和婴儿跑去。他把手放在母亲的肩膀上，说："小姐，你没事吧？"那年轻妈妈点头说是。"我们来帮助你。"医生对她说。他迅速剪断脐带，取出胎盘。哦诶喂，我想。再别给我吃安息日炖菜了——永远不要！

两个护理人员帮助母亲上了担架——她仍然抱着婴儿，迅速把她送上了直升飞机。滑动门关闭了，螺旋桨叶又开始猛烈地旋转起来。我突然意识到，我甚至连母亲的名字都不知道，也没有问她要给孩子取什么名字。

我退后几步，看着飞机离开地面，一直升到天空。它转向东南方向，朝曼哈顿飞去，慢慢变成一个小点，最终完全消失。我微笑着，挥手道再见。我突然感到全身一阵意想不到的轻松。我觉得一身轻，就好像我一生中不得不扛起来的一百条锁链都断成了碎片，散在我周围。随着直升飞机叶片的声音渐渐消失，来自伍德斯托克的音乐又在我耳朵里响起来。

* * *

接下来的一天半，伍德斯托克音乐会继续展开。晴雨交替之间，非常特别的事情在发生着。在历史的一瞬间，一族的年轻人聚到一起，为的是分享音乐的快乐——而且，是的，分享毒品。但是不止于此。还有一种纯真的感觉，那就是团结、和平以及更重要的，爱。四英里以外的摩纳哥旅馆里，我们也一样为这种感觉强烈感染着。虽然再没有婴儿要出生了，但吃了各种致幻物质的年轻人却总是有。然而对每一个正在艰难旅途中的人，总有那些热心的陌生人停下来帮助、搀扶、引导这些年轻人从他们个人的恐怖秀中走出来。

到音乐结束的时候，我疲倦极了，无论身体上还是心理上，但却是绝对的兴高采烈。我第一次知道，我并不孤独。多年来，我隐藏自己的性取向，因为责任而拴在我父母身上，眼看着我挣的每一块钱被一个吸钱陷阱吞噬，这些都往我的内心慢慢灌输了一种深沉的孤独感———一种永不消逝的孤单的感觉。但是现在我感到我属于一个更大的群体，这是一个世代，它能通过其接纳的态度、极为丰富多采的生活方式，以及对这个摇滚新时代的爱来自我定义。

这荣耀的三天里，我沉浸在我帮助实现的社会奇迹之中，而很少有人知道我扮演的角色，这其实真的不重要。重要的是我的感觉。我感到了自由，感到了与周围每个人、每件事有了关联。好吧，也许不包括我的母亲，但既然这么多梦想都已经实现，这一点我可以忍受了。我们付清了所有的旅馆债务，现在我母亲有钱与所有那些被驱逐的卡茨基尔客户一道，时髦地去迈阿密海滩了。我终于体验过一些真正的父子相处的时刻了。在那个时候，我意识到我的未来将是诚实、温暖和真实的，正如我现在知道生活可以是那样。

那个夏天结束的时候，人群终于离开之后，我们为这一度假季结束关闭了摩纳哥。但在我心里，我知道无论我去哪里，无论我做什么，伍德斯托克都将伴随着我。它也许没有改变世界，但却极大地改变了我的生活。直到今天，只要我看到一件扎染的衬衫或者听到一首伍德斯托克乐队的歌曲，我都禁不住微笑了。

尾声

音乐节结束于 8 月 17 日，星期日。到那个时候，我以往的生活方式结束了。这一页已经翻过，而回到纽约继续我的艺术指导和室内设计师的工作已不可能。又一位公园大道的贵妇在她的卧室天花板上得到一幅西斯廷教堂壁画的复制品，或者洛德与泰勒百货公司在它的第五大道橱窗里添加另一套铺张华丽的展示，又有多大意义呢？

伍德斯托克的价值观——坚持做你自己的自由，以及给予和接受爱的自由——已经转变了我，而且没有回头的路了。然而，我仍然不知道怎样往前走。

那个星期一，我疲倦而又有一丝怅惘地坐在登记室里，望着络绎不绝的回家的人们。警察已经把 17B 号公路变成了三车道的高速公路，只走一个方向——东南，通向纽约州高速公路。人群沉默而顺从地大批离去，他们在一次特长的无节制聚会中累坏了。我望着那些喷了 DayGlo 荧光颜料的公共汽车、大众甲壳虫汽车、敞篷小货车和哈雷摩托车，它们经过我的登记室，就像一位伟大国王的送葬游行。我不能观看太久——感觉实在太像生命之血从我的静脉里汩汩流出。

到晚上，再没有车辆了。贝瑟尔镇的白湖已是一座鬼城，阴森地寂静。那天夜里，老爸、妈妈和我为这一度假季结束关闭了汽车旅馆，之后他们两人回房睡觉去了。我去二号平房做同样的事情——整整三十个小时。

我恢复知觉后，马上给麦克·兰打电话，告诉他我们还有大约三万五千美元的门票销售金额需要上交伍德斯托克风险公司。他可以过来取这笔钱吗？我当然可以给他寄支票，但我想见见他，只求与这个无意中永远改变了我的生活的人再联络一次。

麦克来到了摩纳哥，轻松而快乐。他看起来脸色不错，想想他所经历的一切。有传言说他被一大堆债主控告，但是，与往常一样，麦克总是镇定而平静的。我知道他定会安然无恙——他有那个天赋。我也提到我可能会面临本地人的一些麻烦。他告诉我不用担心——他和他的合伙人在离开贝瑟尔之前会处理好一切的。

音乐节之前，麦克曾告知镇政务会，他会使这个镇的状态比伍德斯托克到来以前更好。他总是一言九鼎。他安排了三千志愿者留在贝瑟尔，清扫马克斯的农场和镇里每一条街道。志愿者清捡易拉罐、毯子、衣服、鞋和许多东西。等他们干完，贝瑟尔焕然一新。

麦克和我彼此拥抱，互道再见。那时我们谁也不知道伍德斯托克将成为一个文化象征。我们在曼哈顿的一次联欢会上再见面时，已是二十年以后。我们都将几度出现在电视和收音机的脱口秀节目中，以伍德斯托克的故事款待听众。但是在1969年夏天的那一天，我们都不知道未来会是什么样。

老爸和我随后花了两个星期清扫汽车旅馆，但是当这地方拾掇整齐的时候，我们都意识到在贝瑟尔我已经没有什么可做的了。我把衣服和公文箱塞进我的新车——一辆凯迪拉克，用我的伍德斯托克收益的一部分买的——关上货箱，对老爸和妈妈道再见。

"你做得对，埃利，"老爸说，"我们会没事的。你也会没事。如果有可疑的人问起你，我只有一个回答——什么音乐节？谁是埃利奥特·台伯？我是杰克·台伯。我从来没见过什么音乐节。儿子，走吧，身体健康。我为你骄傲。"

两星期以后，我到了加利福尼亚州好莱坞。在那里，我加入了电影场景设计联合会，我希望这是我在电影界职业生涯的开端。但是命运却有另外的安排。八个月以后的1970年5月，我的一个姐妹打电话给我，告诉我父亲已经患结肠癌住院了。医生说他的日子不多了。

我赶回贝瑟尔，在蒙蒂塞洛医院里看到爸爸，他躺在氧气帐中，几乎没有意识了。此后的几个星期，我定期回到他的病床边。我们在一起的大多数时间都是在沉默中，我握住他的手度过的。但是在6月初的一天，我正要起身离去，我突然感到他的手以意外的力量紧抓住了我。我把头贴近塑料帐幕，好听清他的低语。

"我的小男孩，我的儿子，"他开口道，"我爱你。我了解你。

我知道你做什么。我了解你的生活、你的朋友。我只想让你知道我没有意见。我希望你找到一个人，你能快乐。"他深深注视着我的眼睛，点头表示他的许可和爱。他停了一会，才又接着说。"我只有一件事要求你。我走了以后，我想朝着伍德斯托克的方向埋葬。你知道就在马克斯的农场边上的那个犹太人小墓地？那是我想去的地方。音乐节是我一生最好的日子，那是你做成的。"

"不，爸爸，"我回答道，"我们做成的。你和我。"

随后的沉默中，我想起那个问题，在那么多的场合，我一直想求得一个答案。"爸爸，"我说，"这么多年来，你为什么跟一直妈妈在一起？你那么厌倦。你为什么从来没有告诉她，要她别再索求无度？"

"我爱她。"他喃喃道。那是我听他说的最后的话。第二天他去世了。

当我把爸爸的死讯告诉妈妈时，她发狂地尖叫起来。"扬可，你怎么能这么对我？"她哀号道，"你怎么能在这个季节开始的时候留下我一个人？我怎么应付得了？我怎么能一个人又租房间又铺床，还要剪草？你怎么能把我一个人留在汽车旅馆过阵亡将士纪念日？谁来修水管？你没有让我过一天好日子！没有一刻快乐！没有！你没有让我一辈子过上一天好日子！"

我们把老爸葬在了俯瞰马克斯的农场的墓园。同一年，一个在布朗克斯拥有意大利餐馆的家庭买下了摩纳哥，把它改成了另一家意大利餐馆。我们卖掉了大多数财产，我把妈妈安置在纽约里弗代尔一家舒适的犹太老人院。老人院里有一处犹太会堂，还有一位拉比和许多长舌妇，她可以跟她们讲闲话。她住进去之后，告诉我说她很快乐。"这里实在太好了，"一天她说，"都是我们的人。"她说。

如后来我们所知，她再不必面临她最大的恐惧之一——老了，钱包里却没有足够的钱。我把她安置在退休院之后不久，我得知她这些年来从汽车旅馆的收入中偷偷拿了大约十万美元现金藏起来——这些钱老爸和我都不知道。

1990年代初，妈妈去世了，她实际上花光了她为退休攒下的所有的钱。就在她走之前，我告诉她我在写一本书，关于伍德斯托克和我们在摩纳哥汽车旅馆共同经历的刺激冒险。

"我希望你在书里不要提我的名字，"她说，"不要告诉大家我在哪里。如果记者问我发生了些什么，我怎么说呢？我宁可闭嘴，什么也不说，因为我不愿意毁了你的书。我恨所有那些乱搞又吸毒的孩子们——他们应该待在家里，和妈妈在一起。我也恨那些音乐。你在那里我真丢脸。我不知道你为什么要提醒人们你是谁、你现在在哪里。他们会责怪你，因为你是推动伍德斯托克的人之一。我为你和伍德斯托克感到羞愧。"

有些事情永远不会改变。

对我来说，那些事再也没有什么关系了，因为我已经找到了用一生时间寻找的唯一东西——爱。1971年春天，我遇到了安德烈·厄诺特，一位获得哈克尼斯奖学金，来曼哈顿研究美国戏剧的比利时导演兼教授。安德烈三十出头，高——大约六英尺二英寸——英俊，又瘦削。我一生中，从来没有遇到过像安德烈那样的人，我能那么轻松地跟他说话，分享我的一切。

我们相识后三个月，安德烈回比利时去了，我很快也跟了过去。在布鲁塞尔，我们两人营建了一个家。欧洲的气质很适合我的感性，而我的创造力像花一样盛开。我学习法语，写作电视、话剧和电影剧本。后来，我做了比利时国家剧院的剧作家。安德烈和我合作，写了许多电影剧本和戏剧作品，不只是在比利时，还在法国和其他欧洲国家上演。

1970年代中期，我完成了一部小说《高街》（*Rue Haute*），是关于二战期间纳粹占领比利时的故事。这本书成为欧洲畅销书，并被译成英语，由 Avon 出版社在美国出版发行。安德烈和我合作改编电影剧本，并拍成同名电影，在美国发行。这部电影在欧洲和美国都获得了无数电影奖，《纽约时报》称赞它是非凡的绝品。正如我们那么多的合作，安德烈导演了这部电影。

因为爱，安德烈和我能够在生活的所有方面一起工作——从烹调和计划平常的一天，到写作、制作、导演一部大的戏剧或电影作品。我们一人因业务必须旅行时，我们就互相写情书和诗歌——安德烈用的总是最精致的法语和英语。

1999年，安德烈病了，最终死于癌症。我们在一起长达二十八年。他死后，我搬回了纽约，在新学院大学和亨特学院教授喜剧写作和表演。

2006年10月，我应邀前往比华利山，参加美国电影艺术与科学学院为电影《伍德斯托克》举办的三十六周年纪念会。这次重聚，我见到了许多伍德斯托克老朋友，包括麦克·兰、斯坦·戈尔茨坦和乔尔·罗森曼。我们都惊异大家变了那么多。实际上，我们都不过是长大了。

有一句老格言说，路途比目的地更重要。1969 年夏天教给了我这句话的真理。不知怎的，石墙和伍德斯托克在我内心激发了某种奇妙的神秘变化，使我生命的许多分散的条缕融合在一起，成为一个人。那了不起的混合成就了我所有的梦想，包括一切梦想中最重要的，我一生的伴侣，安德烈·厄诺特。

如今，伍德斯托克过去数十年之后，我可以往后一靠，感受那路途的满足。我爬上了那座山——至少摆在我面前的那座。而且跟我长久的报应之神摩西一样，我在巅峰发现了重要的东西。不过这一次，我找到的并不是一套沉重的律法。那是音乐，帮助定义我的生命的音乐。

致 谢

感谢多年来给予我支持与关爱的每一位：

阿丽丝·芬奈尔　　丹尼尔·博尔

琼与莉迪亚·威伦　　克里斯琴·兰

尼尔·伯斯坦先生　　卡尔文·基

杰克·布鲁姆金，注册会计师　　凯瑟琳·赫伯恩

罗宾与史蒂夫·考夫曼　　英格丽·褒曼

罗伊·霍华德　　迈克尔·莫里亚蒂

爱丽丝与史蒂夫·彼得森　　贾雷尔·艾布拉姆森

史蒂夫·"斯特沃"·哈里斯　　斯科特·霍尔

罗德·赫特博士　　路易斯·B.弗里

曼哈顿广场酒店　　迈克尔·兰

海伦·汉夫特　莫莉·皮肯和谢娜

约瑟夫·帕普　马龙·白兰度

托德·霍夫曼　沃利·考克斯

田纳西·威廉斯　比利时罗塞尔出版社

杜鲁门·卡波特　《生活》杂志

小萨米·戴维斯　里奇·黑文斯

阿洛·格思里　比利时法比奥拉皇后

梅拉妮　季斯卡·德斯坦总统

弗吉尼亚·格莱姆　约翰·罗伯茨

大卫·施耐特　约耳·罗森曼

马尔提·马宾　阿蒂·考菲尔德

萝西·罗吉克　斯坦·戈尔茨坦

勒妮·台克伯格·布里斯克　安妮·科迪

和尤里·布里斯克　克劳德·隆巴德

拉切尔·台克伯格·戈尔登　安妮·杜普雷

和萨姆·戈尔登　伯纳德·纪欧多

罗杰·奥克特　马克斯·雅斯各

林肯中心的安德烈·毕晓普　李·布卢默

布鲁塞尔 RTB 电视台　伍德斯托克保存档案馆

我衷心地感谢李安、詹姆士·沙姆斯和焦点影业/环球影业，感谢他们给了我一个"奇迹"。

最后，我想向 Square One 出版社出色的工作人员表达衷心的谢忱；本书得以出版，有赖于他们的帮助：鲁迪·舒尔、乔安·亚伯拉罕和安东尼·坡姆斯。最后，同样衷心感谢汤姆·蒙特，是他的帮助使本书成为现实。

图书在版编目（CIP）数据

解放的种子：制造伍德斯托克/[美]埃利奥特·
台伯（Elliot Tiber），[美]汤姆·蒙特（Tom Monte）
著；吴冰青译. —上海：上海三联书店，2019.3
ISBN 978-7-5426-6549-2

I.①解… II.①埃… ②汤… ③吴… III.①纪实文学
—美国—现代 IV.① I712.55

中国版本图书馆 CIP 数据核字（2018）第 254497 号

解放的种子：制造伍德斯托克

著　者/〔美〕埃利奥特·台伯
　　　　　〔美〕汤姆·蒙特
译　者/吴冰青

责任编辑/职　烨
策划机构/雅众文化
策 划 人/方雨辰
特约编辑/魏钊凌
装帧设计/孙晓曦 @PAY2PLAY
监　制/姚　军
责任校对/成逸洁
出版发行/上海三联书店
　　　　　（200030）中国上海市漕溪北路 331 号中金国际广场 A 楼 6 层
邮购电话/021-22895540
印　刷/山东临沂新华印刷物流集团有限责任公司

版　次/2019 年 3 月第 1 版
印　次/2019 年 3 月第 1 次印刷
开　本/889×1194　1/32
字　数/171 千字
印　张/8
书　号/ISBN 978-7-5426-6549-2/I·1474
定　价/56.00 元

敬启读者，如发现本书有印装质量问题，请与印刷厂联系　0539-2925659